Sigue lloviendo

Alice Kellen

Sigue lloviendo

Planeta

Obra editada en colaboración con Editorial Planeta – España

Autora representada por Editabundo Agencia Literaria, S. L.

Diseño de la portada: Planeta Arte & Diseño
Ilustración de la portada: © Silja Goetz
Composición: Realización Planeta

Bajo el sello editorial PLANETA M.R.
Avenida Presidente Masaryk núm. 111,
Piso 2, Polanco V Sección, Miguel Hidalgo
C.P. 11560, Ciudad de México
www.planetadelibros.com.mx

Primera edición impresa en España: septiembre de 2025
ISBN: 978-84-08-30797-6

Primera edición impresa en México: octubre de 2025
Segunda reimpresión en México: febrero de 2026
ISBN: 978-607-39-3693-4

Impreso en los talleres de Impregráfica Digital, S.A. de C.V.
Avenida 11 463, interior Bodega 2, Colonia San Nicolas Tolentino
C.P. 09850, Iztapalapa, Ciudad de México
Impreso en México – *Printed in Mexico*

Para mamá.

Gracias por tu apoyo. Siempre.

Hoy estoy besando un beso;
estoy solo con mis labios.
Los pongo
no en tu boca, no, ya no...
—¿Adónde se me ha escapado?—.

PEDRO SALINAS

Víctor, 2025

Es ella. Siempre ha sido ella. Y está ahí sentada, con esa serenidad suya capaz de mutilar las palabras y abrir silencios llenos de significado. Se mantiene inmóvil como un animal que agoniza y sabe que su única esperanza pasa por mantener la calma. Tiene las manos sobre el regazo, los hombros rectos y la barbilla alzada. Como si se rebelasen contra la perfecta pose, algunos mechones de pelo han escapado de la coleta y caen lacios, enmarcando su rostro ovalado, hasta casi rozar la cadena dorada que rodea su cuello. Esa cadena. Fue mi regalo en su penúltimo cumpleaños.

—Señor Ojeda, puede sentarse en el asiento de enfrente.

La voz impersonal del abogado me persigue mientras sigo sus indicaciones. Trago saliva. Me froto el mentón una, dos y tres veces. Cojo una gran bocanada de aire. Y, entonces, la miro. Nos quedamos suspendidos en el hilo que va de mis ojos a sus ojos, ese hilo que tiempo atrás estuvo tejido de risa, de intimidad y de amor, pero que ahora es frágil. Tanto, que su mirada se tambalea y a mí me embarga la angustia.

—Sara...

Pero en la última letra de su nombre acaba todo, porque no sé cómo seguir y noto la boca espesa por culpa del alcohol y la desolación de la pasada noche.

—Por lo que veo, sigue pensando que no necesita un abogado —dice el hombre sin dejar de toquetear con los dedos el botón superior de la americana que viste.

—Ya acordamos que ella se quedaría la casa y la mitad de los ahorros.

—Sí. Y mi clienta le abonará la mitad del valor de la vivienda. —Se lleva un dedo a los labios cada vez que pasa una hoja del montón de papeles.

—No lo quiero —digo.

Sara presiona los labios.

—Víctor, hagámoslo fácil.

Ajeno a la tensión, el abogado interviene:

—En caso de que quiera renunciar a la parte que le corresponde, se debería tramitar como una donación y...

—Ya basta —dice Sara.

Su voz me sacude. El tono es suave pero firme. Al oírla hablar, la gente que la conoce poco suele pensar que es una mujer fría. Los que hemos buceado en ella sabemos que es como una chimenea encendida en medio de un temporal de nieve.

—No me debes nada. Quiero que te quedes el piso.

—Y yo quiero que hagamos las cosas como deben hacerse.

Los ojos del abogado se pasean de un lado al otro de la mesa.

—Los papeles ya están preparados —dice ella—. Fírmalos, por favor.

Es un ruego. Quiero complacerla, de verdad..., pero no así. Sin embargo, sé que no cederá, no lo hará. Es testaruda y competitiva, sobre todo cuando entra un juego de mesa en escena. Recuerdo a menudo las tardes que pasábamos en casa delante de un tablero y me aferro a los detalles: su vista de halcón, la forma minuciosa que tenía de mover las fichas, las arrugas que aparecían en su frente cuando iba perdiendo. Ahora todo es pasado. Un pasado cubierto de polvo y oscuridad.

Atrapado en el aséptico despacho, deseo con todas mis fuerzas poder entrar en su cabeza, escarbar entre las ideas y manejarlas a mi antojo: eliminar el dolor, volcar cubos de pintura de colores sobre las zonas grises y reparar todo lo que está roto.

Pero es imposible.

No podemos volver atrás y atrás y atrás...

—Terminemos con esto —susurra Sara.

El dolor sigue inundando sus ojos. Puedo verlo. Y también las ojeras que ensombrecen su mirada, la piel tan pálida como apagada y los huesos de la clavícula que se dibujan más que nunca. Lo que me impacta es que no intenta esconder su fragilidad. Cuando estábamos juntos, Sara era capaz de representar una obra de teatro delante de los demás. Menos conmigo. Conmigo siempre fue de verdad. Me dejó conocer los entresijos de su mente, los miedos y las tinieblas, las dudas y las angustias. Y a mí me gustaba todo de ella. Absolutamente todo.

Un mundo lleno de luces y sombras.

—Dame algo a cambio —digo.

El abogado tose con incomodidad.

—¿Qué es lo que quieres?

—Una cena. Una despedida.

Sara lo piensa unos segundos.

—Está bien: una despedida.

El abogado desliza los papeles del divorcio por la pulida mesa de madera hasta colocarlos frente a mí; después, me tiende un bolígrafo. Cojo aire e intento ignorar el dolor que me provoca ser consciente de que estoy a punto de perder lo único que me queda en el mundo. Mi mujer. Es decir, el futuro imaginado.

Esos planes que hacen todas las parejas en algún momento, de forma difusa, y que adquieren nitidez cuando sabes que ya no llegarán: los viajes soñados, las metas compartidas o la jubilación en una casa a las afueras; ella leería por las tardes en el porche; yo me dedicaría a cultivar un huerto. Poco importaba que fuésemos dos urbanitas consagrados, era tentador imaginarnos entre abejorros y tés compartidos y tomates rojos y gordos recién cogidos.

No leo nada y voy directo a la última página. Miro a Sara una vez más, pero ella juguetea con los dedos con la cadena que rodea su cuello. Hasta este instante, no había advertido que ya no lleva puesta la alianza de bodas. No debería sorprenderme.

El trazo de mi firma es desganado.

Luego, me pongo en pie y me apoyo al notar que me tambaleo un poco. No pienso volver a beber. No pienso hacerlo. Me lo repito para convencerme de lo imposible. El ardor en la garganta es insoportable, aunque no sé si se debe al alcohol o a la indiferencia que encuentro en ella.

—¿Te va bien mañana, sobre las ocho?

—Sí, de acuerdo —contesta Sara.

—Pasaré a recogerte —le digo.

Me doy cuenta de que todavía sostengo el bolígrafo y lo tiro sobre la mesa. Salgo del asfixiante despacho sin decir una sola palabra más. Tampoco podría haber pronunciado ni un simple «adiós», porque siento que me ahogo, como si algo me aplastase contra el suelo. Camino a trompicones por el bufete de abogados, paso de largo los ascensores y bajo las escaleras de dos en dos. Cuando salgo a la concurrida calle del centro de Valencia, alzo la vista y me concentro en el azul cobalto del cielo, en las nubes de espuma, en los pájaros que levantan el vuelo..., en cualquier cosa, cualquier cosa que no tenga nada que ver con lo que acabo de dejar atrás.

Odio las putas despedidas.

Sara, 2025

—¿Estás bien?

Tomo aire antes de girarme hacia mi abogado. Parece preocupado. No, no preocupado. Apenado. Esa es la palabra. Detesto la compasión que encuentro en sus ojos porque me hace sentir como una mujer diminuta que se encoge y se encoge hasta alcanzar el tamaño de una hormiga que termina por deshacerse en partículas invisibles que se pierden en el universo.

—Sí, tranquilo. —Me levanto y guardo los papeles que me tiende con gesto afable. En el interior del bolso, el teléfono vibra con insistencia. Lo cojo y leo por encima los últimos mensajes. Todos son de mi hermana.

El abogado me mira con el ceño fruncido.

—Para cualquier cosa que necesites...

—... te llamaré —concluyo.

—Eso es. Cuento con ello.

Me acompaña a los ascensores del edificio y aguarda a mi lado hasta que me meto en el interior del cubículo. Ya no soy una hormiga al borde de la extinción, ahora soy una astronauta que se encuentra en una cápsula y vaga por el espacio entre las estrellas y el vacío. Al menos, hasta que oigo un pitido y las puertas se abren con un chirrido. La vida me empuja hacia delante. Salgo del ascensor.

Ya en la calle, mi hermana vuelve a llamar.

No puedo seguir ignorándola. Descuelgo.

—¿Cómo estás? ¿Ha ido bien?

—Sí. Todo perfecto —miento.

—¿Quieres que pase a recogerte? Podríamos ir a comer a ese restaurante del Carmen que te gusta tanto, el que tiene las mesas amarillas, ¿te apetece?

—No, Sofía, hoy no. Quiero descansar.

—Deja que te haga compañía, por favor.

—Lo siento. De verdad. Mañana, quizá.

—¿Y si pillo comida china para llevar?

—No, no vengas. En serio. Pero gracias.

Me despido sin dejar espacio para la réplica, porque sé que Sofía puede ser incansable cuando se marca un objetivo. Cuando éramos pequeñas, solía decirle que me recordaba a una lombriz: su propósito es bueno, oxigena la tierra, y posee un cuerpo escurridizo y blando capaz de colarse por grietas diminutas que otros ni siquiera advierten.

Pero deseo estar sola.

No me apetece mantener conversaciones triviales ni escuchar consejos que me sé de memoria. No quiero verme obligada a fingir un optimismo que no siento para que los demás se queden tranquilos y piensen que estoy bien, que todo va mejorando, que lo peor ha pasado. Porque no es verdad.

Hay cosas que no tienen arreglo.

La rutina me abraza cuando llego a casa: cuelgo el bolso del perchero que está detrás de la puerta, dejo las llaves en el plato de madera que hay sobre el aparador y me quito los zapatos; primero, el derecho, luego, el izquierdo. Cada pequeña hazaña cotidiana me asienta en el mundo: el crujido del suelo de madera conforme doy un paso tras otro, la corriente de aire en el pasillo por culpa de la ventana que dejé abierta horas antes en el comedor, saber que puedo moverme a oscuras en este pequeño reino porque conozco las distancias exactas y el volumen y la disposición de cada mueble.

Pongo el tapón de la bañera y abro el grifo.

Selecciono una de las listas de reproducción que me recomendó mi psicóloga. Todavía no he decidido si me horrorizan o me encantan: hay cascadas, murmullos de las hojas, lluvia incansable o pájaros que cantan. Y, a veces, solo a veces, los imagino muertos. Todo plumas ensangrentadas, nidos abandonados y picos cerrados.

Me desnudo delante del espejo del cuarto de baño, e ignoro la forma cóncava de mi estómago y esas costillas que tiempo atrás se escondían y que ahora puedo contar una a una. Me meto dentro, aunque el agua está demasiado caliente. Sumerjo la cabeza y contengo la respiración. Cuando salgo a la superficie, rompo a llorar.

Víctor. Pero no solo él.

Víctor y sus ojos enrojecidos. Víctor y la camisa blanca y arrugada que llevaba por fuera de los pantalones. Víctor y la barba de una semana. Víctor y sus uñas mordisqueadas. Víctor y la ausencia de su carisma habitual. Víctor y las sombras acechándolo como mosquitos en una noche pegajosa de verano.

Víctor y el dolor.

Verlo es doloroso.

No verlo, también.

Pero...

Víctor y esa promesa de despedida.

Víctor y Sara, antes

La primera vez que Víctor vio a Sara pensó que era un animal. Literalmente. Estaba anocheciendo y él conducía por una carretera secundaria bajo un aguacero. Sus ojos se detuvieron en la sombra que caminaba por la cuneta y tardó unos segundos en distinguir la silueta menuda de una chica. Su primo, que iba en el asiento del copiloto, seguía con la cabeza el ritmo de la canción que sonaba en la radio. Atrás, un colega dormitaba con el estómago lleno de cerveza. Regresaban a la ciudad después de disfrutar con amigos de una comida en El Perelló que se había alargado más de lo previsto.

—¿Has visto eso?

—¿El qué?

—La chica.

Su primo parpadeó un par de veces.

—Joder. Con la que está cayendo.

Víctor frenó y se desvió para parar a un lado del camino. Estaban cerca de El Saler. No había nadie en aquella carretera que serpenteaba la costa, excepto ella. Los limpiaparabrisas, incansables, se movían de un lado a otro con rapidez.

—¿Qué pasa? ¿Ya hemos llegado? —Rodrigo, el colega que descansaba en el asiento trasero, entreabrió los ojos y miró confundido alrededor.

—No. Esperad un momento.

Bajó del coche. El cielo encapotado no dejaba de escupir agua. Al verlo, ella paró de caminar en seco y alzó la barbilla con ese aire orgulloso tan suyo.

—Hola. He pensado que... que podrías necesitar ayuda.

—¿Qué te ha hecho llegar a esa conclusión?

—Eh... —titubeó—. Bueno... Llueve.

—Sí, eso es cierto. —Ella sonrió.

Calado hasta los huesos, él se impacientó.

—Entonces, ¿te acerco a algún sitio?

—Me vendría bien. Mi coche ha muerto.

—Ah. ¿Y no has llamado a la grúa?

—Mi móvil también ha muerto. Se me acabó la batería. Hoy es un día lleno de funerales, como puedes ver.

Tenía un humor ácido y maravilloso.

—¿Te importa si seguimos hablando en el coche?

La chica accedió y se sentó atrás, junto a Rodrigo. Su primo había bajado el volumen de la música cuando él entró y se puso el cinturón.

—Chicos, ella es...

—Sara —contestó.

—Sara —repitió—. Yo me llamo Víctor. A tu derecha tienes a Rodrigo y este de aquí es mi primo Luis. —Se giró para mirarla y se quedó unos segundos atrapado en sus ojos oscuros e insondables. Era guapa de una manera diferente, como un tentador y adictivo rompecabezas—. ¿Y bien? ¿A dónde te llevo?

—Vivo en Patraix.

—Me va de paso.

Se incorporaron a la carretera. Víctor tenía la intención de preguntarle qué haría con el coche, aunque era evidente que ella había pospuesto para el día siguiente llamar al seguro, pero fue Sara la que empezó a lanzar interrogantes como una arquera profesional.

—¿Y a qué te dedicas?

—Marketing. Más o menos.

Ella alzó una ceja y contestó:

—O es marketing o no lo es.

—Digamos que, en la práctica, las tareas abarcan ámbitos insospechados.

—Sara, ¿quieres mi camiseta para secarte? —intervino Rodrigo.

—Gracias, pero no hace falta. Solo es agua. —Apareció por el hueco entre los asientos—. Y, dime, Víctor, ¿comes carne?

—Ehh... Sí. ¿Tú no?

—No. ¿Qué edad tienes?

—Veinticinco. ¿Y tú?

—Súmale uno. ¿Vives solo?

Él miró de reojo a su primo y se rio.

—Nadie me había hecho jamás tantas preguntas.

—Intento descartar que seas un asesino en serie.

La ciudad de Valencia se desplegaba ante ellos.

—¿Un asesino se llevaría de caza a un borracho y a un colgado?

—Para despistar. La coartada perfecta.

—¿Pero tú de dónde has salido?

—De una vagina. Como todo el mundo.

Después, opinó sobre el olor del ambientador del coche, cuestionó su forma de conducir y la música que emitía la radio. De forma generalizada, dijo: «El buen gusto fue asesinado a finales de los años noventa». Y, a continuación, contó un par de chistes malísimos con los que hizo reír a Rodrigo y a Luis.

A Víctor le fascinó.

Fue una fascinación limpia y certera, como cortar una manzana en dos con un cuchillo afiladísimo. Se pasó el resto del viaje deseando llegar a un semáforo en rojo para poder contemplarla a través del espejo retrovisor. Quiso memorizarla. Tenía tres lunares en la mejilla derecha, el pelo corto y oscuro, la boca generosa y la barbilla un poco puntiaguda. Su forma de moverse le recordaba a una pantera salvaje después de darse un festín, a medio camino entre el letargo posterior y la alerta natural.

Les dio las gracias cuando llegaron a su portal y, luego, se bajó del coche. Él dudó un momento antes de ir tras ella. Seguía lloviendo. Sara aún tenía el cabello mojado y pegado al cráneo mientras intentaba abrir la cerradura de la puerta.

—¿Y ya está? ¿Te vas así, sin más?

Ella lo estudió en silencio y dijo:

—¿Me he saltado el protocolo?

—Sí. Bueno, no. Quiero decir... —Se rio de sí mismo, porque hasta ese día no había sido el tipo de tío que corre detrás de una mujer, siempre optaba por dejar que las cosas sucediesen sin más—. ¿Puedo invitarte a cenar mañana?

—No sé si es una buena idea...

—Una cena, un paseo y una copa.

Sara no dejaba de mirarlo. Él sabía que entre ellos bailaba la atracción y la curiosidad y deseó, como pocas veces había deseado algo, descubrir a dónde les conduciría.

—Solo una cena rápida.

—Menos es nada. —Le sonrió como un idiota,

pletórico y risueño—. Si quieres, me acerco un poco antes y te llevo hasta tu coche.

—No te preocupes por eso. ¿A las nueve?

—Bien. Perfecto. Quedamos aquí mismo.

Sara se metió en el portal y él se quedó plantado delante de la puerta cerrada hasta que logró despegar los pies del suelo y regresar sobre sus pasos. Cuando entró en el coche, su primo lo zarandeó al ritmo de las risas de Rodrigo.

—¿Qué ha sido eso? ¿Te has enamorado?

—No te pases. Solo vamos a cenar.

—Es un poco rara —dijo Rodrigo.

—Afortunadamente —contestó él.

Víctor, 2025

Anna me mira con una sonrisa tonta en los labios. Está sentada en una esquina de la mesa de mi despacho, con esa confianza que no me hizo falta darle porque ella se encargó de cogerla sin pedir permiso. Se lleva un dedo a los labios.

—Así que una cena. Los dos. A solas.

Continúo tecleando sin apartar la vista de la pantalla del ordenador. El último anuncio que han encargado a la empresa es de una marca de zapatillas deportivas: una ilustración de un cielo azul añil con una carretera esponjosa hecha de nubes en lugar de asfalto, bajo el eslogan «No hay límites. Elige tu destino». Es horroroso. Tiempo atrás, me hubiese esforzado por pensar en algo mejor, pero mi trabajo ha dejado de importarme. Ya no me motiva. Ya no me motiva nada, en realidad.

—¿Y cuál es la intención?

Me entran ganas de preguntarle a Anna por qué sigue aquí y si no tiene nada mejor que hacer durante su jornada laboral. Puedo contar con los dedos de una mano la gente que me importa de esta empresa y ella sería sin duda el índice o el corazón, pero a veces resulta agobiante. Lo curioso del caso es que nos conocemos desde hace unos ocho meses, cuando se unió a la plantilla. Y eso quiere decir que, pese a saber parte de mi historia, no ha sido testigo de mi cambio de actitud en la oficina. Nunca se ha tropezado por el pasillo con el Víctor del pasado, ese que era jovial, carismático y encantador, así que, en cierto modo, me siento liberado cuando estoy con ella. No tengo que fingir que soy alguien que ya no existe.

—No lo sé. Verla otra vez. Despedirme.

«Retrasar el final de los finales», pienso.

—Lo entiendo. ¿Y tienes algo planeado?

—Sí.

—Pero no vas a contármelo...

—¿Tengo alternativa?

Dejo de teclear y ella sonríe.

—No, obviamente.

—La llevaré al restaurante donde tuvimos la primera cita. Y luego... luego... No estoy seguro. Improvisaré. Un paseo, quizá.

—Te daré un consejo: no le lleves rosas.

—No pensaba hacerlo. Sara no es de ese estilo.

—Pero las margaritas siempre son un acierto. Son

las flores que he elegido para mi boda: margaritas blancas —recalca—. Y, a propósito, ¿te llegó la invitación?

—Sí, pero... —Me devano los sesos intentando dar con una excusa creíble. En dos meses, Anna se casará con su mejor amigo desde el instituto, un joven tímido que a menudo viene a recogerla al trabajo—. Ahora mismo... No puedo...

—Está bien. Lo entiendo.

—Vale. Gracias.

—Suerte esta noche, Víctor. —Baja de la mesa de mi escritorio y, antes de alejarse, añade—: Recuerda lo de las margaritas. Son preciosas.

Sonrío y no la corrijo.

No le digo que Sara odia que le regalen flores. No soporta la idea de que algo tan bello y vivo se marchite delante de sus narices en apenas unos días. Le gusta encontrarlas libres, en el campo, y rozar sus pétalos con los dedos o tumbarse sobre la hierba para fotografiar la curva de sus tallos desde diferentes ángulos.

Durante los primeros años de nuestra relación, solíamos hacer escapadas por carretera en las que nos íbamos con lo puesto, casi sin equipaje, a la aventura, recorriendo pueblos y pueblos llenos de encanto, cantando en el coche hasta desgañitarnos, besándonos en cada mirador, riéndonos de bromas que eran solo nuestras. Al atardecer, parábamos en prados desiertos y yo la miraba en silencio mientras ella fotografiaba el mundo y el sol se desplomaba sobre nosotros.

Si pudiese volver atrás...

Lo cambiaría todo. Fortalecería los cimientos. Construiría más pilares. Usaría los mejores materiales. Ahí dentro, la abrazaría cada noche y, tras una discusión, nunca me iría a dormir sin haber hecho antes las paces. Le diría «te quiero» hasta desgastar esas dos palabras, sin miedo a la cursilería. Y crearía un escenario distinto para los últimos días de nuestra vida juntos. Todo. Todo sería distinto, sí.

Si pudiese volver atrás...

Si pudiese...

Sara, 2025

Al abrir la puerta del ascensor y verme en el espejo, caigo en la cuenta de que llevo puesto el suéter color burdeos que a Víctor le gustaba. Vuelvo a entrar en casa, me lo quito y lo lanzo a un rincón. Me pongo una sudadera y, ahora sí, salgo del edificio.

Él está apoyado en la pared de la cafetería de al lado: vaqueros negros, camiseta negra, cabello negro. Todo a juego. Eso acentúa el contraste y es imposible no reparar en su mirada azul, tan clara y honesta. Se me revuelve el estómago. Mierda. No soporto encontrarme de golpe con sus ojos. Peor aún: no soporto ver en sus ojos los días de mar que compartimos juntos. Todos esos recuerdos de sal y besos y arena y risas y brisa...

—Estás preciosa. He aparcado cerca.

Asiento y camino a su lado en silencio. Guardo una prudente distancia de seguridad. Sé que si esa mano suya que ondea a un lado del cuerpo rozase la mía, me estremecería. Y él lo notaría. No hay forma de engañar a la piel. Dos cuerpos que han vivido lo que vivimos nosotros están condenados a reconocerse, no importa el tiempo que pase. Hasta que Víctor apareció, me gustaba mi soledad. Después, sencillamente me gustó más compartir esa soledad con él. Tiene una presencia poderosa, de esas que lo llenan todo; pero, a su manera, Víctor también dominaba el don de dejar espacios abiertos, pequeños agujeros perfectos por los que a mí me gustaba colarme cuando necesitaba descansar de él y del mundo, incluso de mí misma.

Manteníamos un equilibrio maravilloso.

Dábamos y recibíamos, callábamos y hablábamos, avanzábamos y parábamos, estirábamos y soltábamos, íbamos y volvíamos, hasta que...

Silencio. Respiro hondo.

Cuando subo al coche, permanezco muy quieta en el asiento. Las calles de la ciudad van quedando atrás como diapositivas antiguas. Pese a no moverme, por dentro me repliego sobre mí misma cada vez que alarga el brazo para cambiar de marcha. En los viajes por carreteras serpenteantes de montaña, me encantaba colocar mi mano sobre la suya y sentir la tensión del movimiento cuando cambiaba a primera, y de primera a segunda, y luego tercera, y vuelta a segunda y a primera...

—¿Tienes hambre?

Fijo la mirada en la luz roja del semáforo.

—No.

—Has perdido peso, Sara.

Su voz es una caricia suavísima.

No respondo. El semáforo cambia a verde.

Sé a dónde nos dirigimos mucho antes de que el cartel violeta aparezca en escena. Es el sitio al que me llevó en nuestra segunda cita. Un restaurante vegetariano, pequeño y acogedor, donde hacen las mejores hamburguesas de tofu que he probado jamás, cosa que a él le hacía mucha gracia, porque bromeaba diciendo que sabían a «nada», con un regusto maravilloso de «aire» y un toque final de «ausencia».

Mientras aparca el coche, escondo las manos en las mangas de la sudadera y me pregunto qué estoy haciendo, cómo voy a sobrevivir a esta noche y si no debería ser todo más fácil. Él apaga el motor y saca las llaves del contacto.

—¿Lista?

No busco sus ojos. Abro la puerta y salgo. El aire es gélido como un mordisco. Cuando entramos en el restaurante, nos dirigimos sin hablar hasta la mesa del fondo, la que está al lado de la cristalera, esa que siempre elegíamos si estaba libre. Nos sentamos el uno frente al otro y su pierna roza la mía durante un segundo. Solo uno. Pero qué segundo. Encojo las rodillas debajo de la silla.

Víctor señala el menú.

—¿Lo de siempre?

—Sí.

—Yo también.

—Vale.

El camarero nos reconoce. Lleva un bolígrafo azul en la mano derecha y no deja de presionar el botoncito superior, me pone nerviosa ese *clic-clic-clic*. Sonríe y apoya una mano en el hombro de Víctor, que finge por cortesía una alegría que no siente. Se le da bien hacer felices a los demás, practica como nadie el arte de complacer. Pero, en esta ocasión, advierto que no parece tan convincente como antaño. Falla la mirada. Está apagada y no importa lo mucho que curve los labios, la niebla se ha colado en sus ojos.

Un nudo me oprime la garganta.

—¡Mis clientes preferidos! Hacía tiempo que no os veía. —Se dirige a mí y añade—: No te has pasado al otro bando, ¿verdad? Una chuleta puede ser tentadora...

—Sigo fiel a mis costumbres —aseguro.

El risueño camarero se centra en mi marido. Mi exmarido. La palabra se me queda atascada. Resulta curioso que dos letras supongan un cambio tan abismal.

—¿A ti aún no te ha convencido?

—Un filete al punto es mi perdición.

—¡Ja! Hay cosas que nunca cambian.

Me entran ganas de levantarme y decirle que está equivocado. Que todo, todo, todo cambia constantemente. Que ayer era una chica diferente, y la semana pasada otra, y el mes anterior más de lo mismo. Que, a menudo, me siento como un trozo de pescado subida a lomos de un puñado de arroz, atrapada en una cinta llena de sushi que no deja de girar y girar. Que una mañana te levantas y tienes todo lo que deseas, pero poco después no eres capaz de encontrar una miserable alegría a la que aferrarte. Que un día tienes la certeza de que tu marido es el hombre perfecto, el que nunca te fallará o cometerá un error, pero al día siguiente descubres que estabas equivocada.

—Tomaremos dos hamburguesas de tofu con col lombarda, aguacate, tomate y salsa de soja. —Víctor me mira—. ¿Qué te apetece beber?

—Una copa de vino blanco.

—Trae la botella, mejor.

—¿Alguno en especial?

—Verdejo —puntualiza él.

Tardan apenas diez minutos en servirnos la cena.

Pese al escaso apetito, le doy un bocado a la hamburguesa y saboreo el regusto salado que deja la salsa y la suave textura del tofu con pepitas de sésamo. El silencio se instala entre nosotros mientras cenamos. Una mirada aquí, una mirada allá. Me sigue resultando extraño tenerlo así de cerca, en este lugar tan familiar, pero a la vez sentir que estamos lejísimos, a miles de kilómetros de distancia, cada uno en un continente. Este último año ha sido un paréntesis. Pero antes, antes de todo lo que ocurrió, estuvimos juntos casi una década.

Y todo empezó con la lluvia.

Con la lluvia y con una hamburguesa como la que tengo en la boca. Así que mastico con fuerza. Mastico y trituro. Trituro y trago.

Víctor y Sara, antes

El mismo restaurante, las mismas luces, las mismas sillas azules, el mismo suelo de azulejos antiguos, la misma hamburguesa en la carta, las mismas ventanas, las mismas tuberías, la misma inscripción en el baño de mujeres y las mismas personas.

Al menos, en apariencia.

A Sara le gustó que Víctor eligiese un restaurante vegetariano para la cena. «Es detallista», pensó. Y, luego, cuando les sirvieron vino, brindaron y le nació una sonrisilla tonta al mirarlo: «Ha sido un tremendo error quedar a cenar».

No porque no se lo estuviese pasando bien (se lo estaba pasando genial), no porque estuviese a disgusto (estaba a gusto), no porque quisiese estar en algún otro lugar (no quería estar en ningún otro lugar), sino porque tardó una media hora en darse cuenta de que Víctor podría ser peligroso para su corazón.

Tuvo ese presentimiento la primera vez que lo vio,

cuando paró el coche y se plantó delante de ella bajo la lluvia, como un Darcy moderno en busca de Elizabeth. Pero no quiso darle importancia. «Es una estupidez», se dijo. Porque Sara era el tipo de chica que siempre anhelaba enamorarse, pero no creía en el amor.

—No estamos en igualdad de condiciones —dijo él—. Yo te dije que trabajaba en una empresa, en el departamento de marketing, pero aún no sé a qué te dedicas tú.

—Visto desde el lado bucólico: soy fotógrafa. Visto desde el lado de mi cuenta corriente: soy autónoma. Aún no he conseguido que los dos lados se lleven bien.

Víctor se echó a reír y bebió otro trago de vino.

—A mi madre le gustaba la fotografía.

—¿Le gustaba? ¿En pasado?

—Murió hace muchos años.

—¿Qué edad tenías?

—Siete. Fue todo muy rápido. Tuvo una infección respiratoria que no cogieron a tiempo. —Desvió la mirada y Sara comprendió que le costaba hablar del tema—. Tenía una cajita de madera en la que guardaba postales con sus fotografías preferidas. Ya sabes, Arnold Newman, Diane Arbus, Ansel Adams, Cindy Sherman, Dora Maar...

—Me encanta Dora Maar.

—Estuvo con Picasso, ¿no?

Sara arrugó la nariz y asintió.

—La convenció para que dejara de trabajar, no soportaba que tuviese éxito y a ella le iba muy bien. Hay hombres que no son hombres ni son nada.

—Así es. ¿Y cómo es tu fotografía?

—Mmm. —Sara se mordió el labio inferior y luego sonrió, consciente de que el gesto también había sido seductor—. Es un delito explicar algo tan visual con palabras.

Víctor se inclinó hacia delante. La mesa era pequeña y sus rostros estaban muy juntos. Ella contuvo el aliento cuando percibió el delicioso olor de su colonia.

—Tengo la solución: me invitas a tu casa y me las enseñas.

—¿Se te ha ocurrido a ti solito? Menudo intelectual.

—Sí. Toda una vida encerrado en la biblioteca...

Sus risas sabían a vino y les brillaban los ojos.

—Me lo pensaré. Aún queda el postre.

—Estoy nervioso. ¿Qué podría salir mal?

—Que eligieses la fruta, por ejemplo.

—¿Con la tarta de queso seguiría por el buen camino?

—Sí. —Ella le sonrió con toda la boca, sin titubeos.

Dieron un paseo por la zona de Ruzafa. No pararon de reírse, achispados, y sus manos se rozaban continuamente porque caminaban muy cerca, como si una fuerza invisible los atrajese. En cada semáforo, se miraban a los ojos y surgía un breve instante de vacilación que se rompía cuando la luz se tornaba verde. Tras un rato vagando sin rumbo y saltando de un tema a otro porque se les atropellaban las palabras por culpa de la curiosidad, cogieron un taxi para ir a casa de Sara.

No hablaron al entrar. La tensión crepitaba entre ellos como el momento previo de los fuegos artificiales durante una noche de verano. Sara se quitó los zapatos en la entrada y, luego, lo condujo hasta su estudio, ubicado en una habitación pequeña. En una mesa grande, de madera, descansaban un sinfín de fotografías dormidas. Ella encendió una lámpara que emitía una luz tenue. Él se acercó despacio hasta la mesa, como si comprendiese la magnitud del momento, y contempló a Sara pese a estar de espaldas a ella, porque delante tenía su obra.

Víctor paseó los ojos por unas cuantas imágenes antes de detenerse en una de ellas. El fondo mostraba un charco de barro, sucio. Y, a un lado, había un colorido coletero infantil con purpurina. Estaba ahí solo, olvidado por una niña que habría vuelto a su casa con la trenza deshecha. La infancia frente a la fealdad de la vida.

Víctor estudió aquella fotografía de una manera que hizo que a Sara le cosquilleasen las palmas de las manos, porque supo que la estaba viendo. A ella. Era capaz de encontrarla a través de una instantánea que había sacado semanas atrás mientras volvía a casa atravesando un parque. Y se enamoró en cuanto él se giró y la abrazó con la mirada.

Porque... esa mirada... Qué mirada...

Sara tragó saliva, nerviosa, y se acercó hasta él.

Lo cogió de la nuca y lo besó despacio. Fue húmedo y tierno y apasionado. Después, decidida, empezó a desabrocharle los botones de la camisa.

—Antes de ir a la habitación tengo que decirte algo —susurró, mientras él dejaba un reguero de besos y mordiscos en su cuello—. No busco nada serio.

—Mierda. Yo que pensaba pedirte matrimonio...

A Sara se le escapó una carcajada y hundió los dedos en su cabello oscuro. Le gustaba que él fuese ágil y rápido con las palabras, que le siguiese el ritmo.

—¿Eso te supone un problema?

—No. Es lo que se me da bien.

—A mí también —admitió ella.

—Entonces somos perfectos.

Y hubo más besos y menos ropa.

Víctor, 2025

—Aquí todo sigue igual —digo mientras me fijo en los azulejos antiguos del suelo y en la cristalera del restaurante que da a la calle poco concurrida.

—Aquí, sí.

Una nube negruzca parece bailar sobre nosotros. Lanzo un suspiro y bebo un trago de vino porque no soporto no hacer nada con las manos en medio de esta inquietud. Nosotros, que fuimos una de esas parejas que bromeaban sobre los silencios que reinaban en las mesas de al lado. Nosotros, que ahora somos otros.

Alzo la mirada hacia Sara.

—Te he echado de menos.

Las palabras son escurridizas y se me escapan antes de que pueda detenerlas. Ella deja la hamburguesa en el plato y coge la servilleta para limpiarse.

—No puedes hacer esto.

Quizá sea la última vez que la tenga delante y ya no soporto toda esta contención que pesa toneladas y nos aplasta. «A la mierda —pienso—. A la mierda todo».

—Me cuesta seguir fingiendo, cuando lo único que deseo es ponerme en pie, rodear esta mesa y besarte hasta que me obligues a parar.

Sara tuerce los labios. Esos labios que anhelo tener entre los míos. Con cuidado, de forma meticulosa, dobla la servilleta y evita mirarme. Me inclino hacia delante.

—Te quiero —susurro—. Eso es todo.

—¿Cómo puedes no entenderlo?

—Sí lo entiendo. No lo comparto.

—¿Cuál es la diferencia? Víctor, míranos. Ya no queda nada. —Le brillan los ojos por culpa de las lágrimas contenidas—. Estamos divorciados. Finalmente.

—Un garabato en un papel. ¿Y todo lo demás?

Ella niega con la cabeza. No digo nada y la observo cuando apoya la mejilla en una mano; con la otra, empieza a arrancar las pepitas de sésamo del pan de la hamburguesa. Una a una, con una mezcla de rabia y ternura.

No sé cuánto tiempo pasa hasta que me mira.

—Vas a ser feliz, Víctor. Tú vas a serlo. Empezar desde cero es el único modo de seguir adelante. No sirve de nada dar pasos hacia atrás.

—¿Cómo voy a ser feliz sin ti?

—Todos somos reemplazables.

—Sabes que eso no es verdad.

—Yo... —Lanza una última pepita de sésamo y se reclina hacia atrás—. Lo que quiero decir es que caminar en círculos es inútil. No descubriremos nada nuevo.

—¿Dónde está lo que sentíamos? No puede haber desaparecido. No estamos hablando de un calcetín o de un bolígrafo. Tiene que estar en algún sitio. Si lo buscas...

—No quiero encontrarlo. Ese es el problema.

—Entonces, aún existe —digo esperanzado.

—Debería irme. Es lo mejor para los dos.

Se pone en pie antes de que pueda añadir nada más. Pagamos la cuenta en la barra y salimos a la calle. Ha empezado a llover. Es una lluvia suave que cae sobre el asfalto y repiquetea contra los cristales de los coches aparcados a un lado de la acera. El cielo llora todas las lágrimas que no dejo salir. Tomo aire y me pierdo en la oscuridad de sus ojos por última vez. Adoro esos ojos. Son perspicaces y capaces de observar el mundo como pocas personas pueden hacerlo: desde lo pequeño hacia lo grande.

No quiero que se vaya. No quiero.

—Cogeré un taxi —me dice.

—Deja que te lleve a casa.

Aparto la vista de ella cuando advierto el ligero temblor que sacude su mano; los dedos, largos y delicados, se aferran a la correa marrón del bolso como si fuese el único punto de sujeción que le queda para no caerse del mundo.

Está tan rota. Está tan perdida.

Si pudiese, si Sara fuese un jarrón hecho añicos en el suelo, cogería con mis propias manos cada pedazo, aun a riesgo de cortarme, y los juntaría uno a uno. No me importaría tardar años en hacerlo o dedicar mi vida a ello.

—No lo hagas más difícil, por favor.

—Llueve mucho. Me quedaría más tranquilo si...

—Gracias por la cena, Víctor. —De forma inesperada, se pone de puntillas y me da un beso en la mejilla. Un beso efímero y suave. Un beso que duele.

Permanezco inmóvil en la acera mientras la veo alejarse bajo el fulgor de una farola. Cruza la calle a paso rápido, sin molestarse en resguardarse de la lluvia, como siempre. Sara no soporta los paraguas. Y tiene ese caminar firme y, al mismo tiempo, delicado que me resulta hipnótico. Para un taxi y se mete dentro. La luminaria se encoge conforme el coche se mueve hasta el final de la avenida. Gira y todo termina. Pero decido seguir aquí, bajo la cornisa, no sé ni cuánto tiempo porque la percepción de los relojes se pierde mientras pienso que no volveré a oír su voz, ni a oler su piel, ni a contemplar el gesto de sus labios estirándose en una sonrisa.

De pronto, todo parece extrañamente real.

El peso de los papeles firmados es inmenso.

Se ha esfumado todo atisbo de esperanza.

... Sara se ha ido. Y sé que no volverá.

CUATRO MESES DESPUÉS

Y verte cómo cambias
—y lo llamas vivir—
en todo, en todo, sí,
menos en mí, donde te sobrevives.

Pedro Salinas

Sara, 2025

Rompo la fotografía que sostengo en la mano y tiro los trocitos a la papelera. Me concentro en el tráfico de la calle que se despliega tras el cristal de la ventana. Siempre hay atascos a primera hora de la mañana. El sol reluce en lo alto del cielo como un globo de helio, a punto de dar la bienvenida al caluroso verano.

—¿Me dejas esta camiseta?

La voz de mi hermana Sofía me distrae. Ni siquiera me molesto en comprobar de qué prenda se trata antes de contestar:

—Quédatela. Te la regalo.

—¿En serio? Oh, ¡gracias! Esto vale por otra sesión de películas de comedia y palomitas, pero de las que llevan mantequilla hasta aburrir.

Sonrío mientras ella me sigue a la cocina. Meto la cápsula en la cafetera y espero a que salga el café. Sofía se quedó anoche a dormir e ideó una de esas sesiones cinéfilas que tanto le gustan. Últimamente pasa en casa muchos días y eso es bueno y malo, depende de la perspectiva. Bueno, porque evita que me quede metida en la cama hasta bien entrado el mediodía, sin dejar de preguntarme en bucle qué dirección tomar, qué finalidad debería tener mi vida ahora. Y malo, porque echo de menos poder cobijarme entre las sábanas y fingir que el mundo exterior ha dejado de existir. Una parte de mí desea seguir rebozándose en el fango. El dolor sigue siendo tan profundo y enquistado que me impide levantarme y enfrentarme al futuro. Toda esa palabra me estremece: «futuro». Desde la primera «f» hasta la última «o». Resulta aterradora por su naturaleza escurridiza y por las pocas certezas que ofrece.

Mamá vino a verme hace unas semanas y, lejos de ayudar, me irritó. No me entiende. Tampoco parece esforzarse por hacerlo. ¿Y cómo puede ella, precisamente ella, no ponerse en mi lugar? Me habló de fortaleza y de lucha y de tenacidad y de resiliencia y de valentía y de blablablá. Yo solo quería que se callase, pero no me atreví a decírselo. Hubiese sido fácil: «Cállate, mamá». Pero no. Escuché un sinfín de consejos que jamás le pedí mientras reflexionaba sobre lo poco que encajo en todos esos adjetivos que ella soltaba como flechas directas al corazón.

Si la vida es un juego, comprendo que he perdido.

Porque el tiempo pasa y nada cambia. La herida

sigue abierta y no creo que nunca pueda llegar a llamarla cicatriz. Supura sin parar. Se infecta cada dos por tres. Toca reabrir, limpiar de nuevo, cruzar los dedos para que la carne vuelva a unirse.

Y así, así, así, día tras día tras día tras día.

Estoy agotada de mi propio dolor.

—¿Tienes prácticas esta mañana?

—No. Pero iré a la biblioteca.

Sofía muerde su tostada e ignoro las migajas de pan que caen al suelo de la cocina. Come mientras escribe con una mano en su teléfono móvil. Nos llevamos diez años y tres meses. «Fue un maravilloso imprevisto», dice siempre nuestra madre. Cuando miro a Sofía, tengo la sensación de haber quemado todas las etapas de mi vida, mientras que ella sigue casi en la casilla de salida. Está estudiando un máster, tiene un grupo variopinto de amigos y aún no ha perdido la capacidad para el asombro. Se emociona con facilidad con cualquier cosa sencilla, como ese libro que está a punto de salir, o ese viaje que tiene previsto para agosto, o ese chico al que le escribe.

Sofía es risueña, entusiasta y luminosa.

A menudo, me pregunto cómo es posible que hayamos crecido en el mismo lugar: primero, un útero; luego, una casa, y que pese a ello seamos tan distintas.

—Tengo que ir a la oficina de la agencia a entregar un encargo. ¿Quieres que te traiga algo para comer a la vuelta? ¿Una ensalada o pasta?

Mi hermana me mira dubitativa.

—¿Te importa si no vuelvo hasta mañana? Tengo que ir a casa para coger ropa y, además, esta noche es el cumpleaños de María y...

—Está bien —la corto—. No tienes que cuidar de mí. —Le revuelvo el pelo al pasar por su lado y ella resopla—. Estoy bien, de verdad. Más que bien. Tú disfruta y sal por ahí. —Me obligo a sonreír, porque lo último que quiero es su compasión y que se sienta obligada a «estar» para mí como si los papeles se hubiesen dado la vuelta y ella fuese la hermana mayor y yo la pequeña. Quiero seguir manteniendo mi posición original, no sé si por dignidad o un orgullo banal.

Así que me despido de ella con un beso y me visto. Camiseta fina, vaqueros, gabardina, bolso negro y zapatillas cómodas. Salgo de casa con una carpeta llena de fotografías debajo del brazo, pese a que las mandé por correo la noche anterior. Me gusta tocar el papel a la hora de defender un encargo.

Salgo a la calle y al ruido.

Cojo aire de golpe y echo a andar.

«Hoy voy a ser una persona normal», me digo. Luego, me pongo las gafas de sol y camino con una seguridad aprendida hacia la zona céntrica de la ciudad.

Víctor, 2025

Tengo la garganta irritada y la cabeza me da vueltas. Intento concentrarme en las letras que bailan y se tornan borrosas en la pantalla del ordenador. Es viernes. A veces, me cuesta recordar en qué día de la semana vivo porque todos son iguales: un infierno.

Anna aparece con su habitual alegría.

—¿Tienes planes para hoy?

—Sí, he quedado con un tal Whisky y una señorita llamada Sofá que piensa hacerme compañía hasta el amanecer. ¿Quieres más detalles?

—Ahórratelos. Ya moriré de aburrimiento otro día.

Refunfuño por lo bajo y envío a la papelera de reciclaje del ordenador los últimos diseños que me han mandado. Son horrorosos. No hay nada que salvar.

—¿Te apetecería venir a cenar con nosotros? Noche de juegos de mesa —dice con entusiasmo—. Será algo tranquilo, solo unos pocos amigos y estoy segura de que...

—Quizá la próxima vez, Anna.

—¿El año que viene?

—Sí. Es posible.

Anna suspira y me lanza la misma mirada que mi madre me dedicaba cuando era pequeño. Jamás la he olvidado, porque se trata de una mezcla perfecta entre compasión y dureza nada fácil de imitar; es afable, sí, pero también exigente.

—¿Hasta cuándo vas a seguir así?

Desvío la vista del ordenador y me giro hacia ella, que mantiene los brazos cruzados, toda ella una señal desafiante, y no deja de repiquetear con el pie en el suelo.

—Oye, eres mi amiga. Te dejé entrar en mi vida por alguna razón que ahora mismo no recuerdo, pero es mejor que no hagas demasiado ruido o tendrás que salir.

—Ya. Entiendo que te joda que todavía exista una persona que se preocupe por ti, con lo ocupado que has estado echando a todo el mundo de tu vida. —Su irritación se desmorona cuando sigue—: Quiero ayudarte, Víctor. El tiempo corre, aunque tú continúes ahí parado. ¿Qué es lo que pretendes conseguir así?

Se abre un amplio silencio y yo la miro.

—No puedes entender cómo me siento.

—Vale, eso es verdad, pero puedo empatizar. Tienes que abrirte un poco, si no, es imposible que pueda hacer nada por ti. —Su voz se torna baja y teñida de preocupación—: La gente empieza a murmurar. Llegas a la oficina oliendo a alcohol. Y eso cuando llegas, porque hay días que ni apareces. Tienes suerte de tener un nombre dentro de la empresa porque de lo contrario...

—Cumplo con mi trabajo.

—Pero...

—Cumplo. Que les den.

—Víctor...

Cierro los ojos y me llevo los dedos al puente de la nariz. Sé que Anna tiene razón, lo sé, pero no puedo reconocerlo porque hacerlo implicaría afrontar las miserias y, por lógica, estar dispuesto al cambio. Yo estoy bien como estoy. Requiere poco esfuerzo y pensar lo justo y necesario, que es lo que me salva de mí mismo. Me centro en tareas diarias concretas: levantarme, café, ducha, trabajo, bebida, volver a meterme en la cama. Es cómodo, es fácil, es práctico y es mi mejor opción. Antes, era el tío encantador de la oficina que entraba diez minutos antes y mantenía conversaciones triviales en el ascensor. Ahora, soy el tío amargado al que ignora el resto de la plantilla. No ha sido un mal trueque. Todos, incluido mi amigo Eric, han quedado fuera de mi vida. En parte, ha sido liberador. No más amigos, no más miradas de lástima.

Anna carraspea y se lanza de nuevo:

—¿Me acompañas a almorzar?

Aflojo. Siento que me ahogo.

—Vale, sí.

—Genial.

Se percibe incredulidad en su sonrisa. Día sí, día no, me propone el mismo plan y yo siempre contesto con una negativa. Nadie es tan perseverante como esta mujer.

Salimos de la oficina y caminamos por el centro de la ciudad en silencio, cosa que agradezco. El cielo es una superficie lisa de un azul añil que rompen un puñado de nubes algodonosas. Elegimos una cafetería poco concurrida y algo alejada del edificio donde trabajamos. Hay un expositor de varios pisos lleno de dulces y bocadillos. Pido uno de tortilla, igual que ella, e insisto en pagar la cuenta.

Ya en la mesa, me esfuerzo por prestarle atención. Anna cuenta anécdotas de la última reunión que hubo con una empresa de cosmética que ha contratado los servicios de la agencia. Yo no asistí. Estaba ocupado haciendo... bueno, quién sabe qué.

Prefiero no pensarlo.

—Entonces le dije: «¿Colorete morado? ¿Cómo se

vende eso? A nadie le gusta salir a la calle y que lo confundan con un payaso de feria».

Mastico el pan (que está blando) y la tortilla (que está sosa) con parsimonia. Pese al bajo nivel culinario, el lugar es agradable. Pienso que me resulta más fácil de lo que imaginaba estar sentado en esta mesa y...

Y entonces la veo.

La veo delante del expositor, señalando con el dedo una magdalena con pepitas de chocolate. No necesito que se gire para saber que es ella. Podría reconocer a Sara en cualquier parte; no por su familiar cabello oscuro recogido en un moño desenfadado, no por la curva de su nuca que besé tantas veces, no por la forma de su cuello y la distancia exacta entre sus hombros. No es por eso. O no solo por eso. Es porque su energía se expande en cuanto entra en una habitación y tengo la insólita capacidad de percibirla. En otra vida, ella era una luciérnaga y yo un niño que jugaba a buscarla.

La voz de Anna se torna amortiguada en mis oídos. El mundo se deshace a mi alrededor como si lo hubiesen pintado con unas acuarelas demasiado aguadas. Me pongo en pie y avanzo hacia ella dando grandes zancadas, una, dos, tres, cuatro, y ahí estoy, justo detrás, apenas a unos centímetros de distancia.

Se estremece. O, quizá, tan solo lo imagino porque quiero convencerme de que es un don recíproco.

Rozo su hombro. Un roce sutilísimo.

Se gira. Me mira. La miro.

Somos una herida abierta.

—Víctor...

Sara, 2025

Atrapada en el azul de sus ojos, me siento como un insecto que cae en una pegajosa tela de araña. Consigo salir, pero el corazón va más despacio que la cabeza y me late rápido, ajeno a mis súplicas, como si quisiese que él lo escuchase. Trago saliva y me sereno poco a poco. Hasta entonces, como si el mundo se hubiese reducido a nosotros dos, no había reparado en la chica menuda que aguarda a su lado.

Tiene un rostro dulce y lleva gafas de pasta rojas.

—Estás... Te veo... Tienes buen aspecto.

Con una mirada, Víctor tiene la capacidad de abrirme en canal, entrar y revolverlo todo. Si el alma son los cajones de una cómoda, él los inspecciona uno a uno sin pedir permiso, con esa confianza que siempre flotará entre nosotros.

—Gracias —contesto, y no le digo que él también tiene buen aspecto, porque sé que notaría que miento. La barba de varios días recubre sus mejillas, la camisa azul está arrugada y sus ojos son distantes, aún envueltos en una niebla densa.

Incómoda, cambio el peso del cuerpo de un pie al otro. La chica rubia de gafas me sonríe y se inclina para darme dos besos, uno en cada mejilla. Huele a canela.

—Soy Anna, encantada. Tú debes de ser Sara.

—La misma. —Por instinto, como un animal atrapado, busco la puerta de la cafetería. De todos los establecimientos de la ciudad... tenía que ir a parar a él, cómo no. A él. Y, ahora, también a ella. Inspiro hondo, presa de la angustia.

—Víctor me ha hablado mucho de ti —añade Anna.

Él le lanza un gesto de reproche y yo noto que el corazón se me encoge y se me encoge, amenaza con desaparecer. Tengo un nudo en la garganta mientras los veo ahí a los dos, uno al lado del otro como las columnas de un bonito templo. En la escena, yo sería la arenilla que reposa a sus pies y desaparecerá en cuanto sople una ráfaga de viento. Noto que se me empaña la mirada, pero consigo no derramar ni una sola lágrima mientras busco en la cartera unas monedas que dejo después sobre el mostrador. Cojo la bolsa de papel con mi magdalena de chocolate y me preparo para huir.

Huir se me da de maravilla. Eso decía siempre Víctor. «Huyes como nadie».

«Huyes como un gato».

«Huyes ante el menor problema».

—¿Te marchas? —pregunta él.

—Sí, creo... que será lo mejor...

Hay una honda decepción en la mirada de Víctor, pero no se altera. Su actitud distante me perturba: las manos en los bolsillos, la amonestación silenciosa, el gesto tenso.

—¡Siéntate un rato con nosotros!

La voz de Anna es aguda y cantarina.

—Lo siento, tengo un día ajetreado.

Intento esconder mi incredulidad. ¿De verdad espera que comparta mesa con ellos para ver de primera mano cómo mi marido rehace su vida? Ex. Exmarido. Lo que sea. Nunca he deseado que fuese infeliz, no quiero para él una existencia miserable, pero, como hubiese dicho mi abuela, tuvimos fuego, un fuego inmenso, y quedan cenizas. Nadie las ha barrido todavía.

—Me alegra volver a verte —logro decirle a Víctor—. Espero que todo..., que todo te vaya tan bien como hasta ahora —añado, y le echo a ella un último vistazo.

Mi móvil empieza a sonar en ese instante como un

regalo divino. Cojo la llamada y aprovecho el momento de confusión para salir de la cafetería y alejarme de él, de ellos, de lo que «ya no», del pasado. Es mi hermana Sofía.

—¿Cómo estás? ¿Voy esta noche a dormir?

—No. Deja de preocuparte tanto por mí.

Esquivo a los peatones que caminan con lentitud y avanzo distraída por las calles estrechas del casco antiguo, sin dejar de pensar en Víctor y en su mirada, en la mujer que lo acompañaba y en los nuevos comienzos. No debería sorprenderme tanto, pero me ha pillado de sopetón y tengo que masticarlo antes de digerirlo.

—Estás rara —comenta Sofía, después de asegurarle que veré una película a solas y que me prepararé una cena en condiciones y no cualquier cosa precocinada.

—Según tú, siempre lo estoy.

—También es verdad —dice.

—Pásalo bien esta noche.

Cuelgo y me siento en un banco de un parque. Estoy temblando, aunque no hace frío. Me abraza el ruido del tráfico, el olor de las calles, las voces de algunos turistas y las palomas que revolotean por la zona. Respirar, en ocasiones, requiere concentración. Cojo aire y lo suelto. Cojo aire y lo suelto. Cojo aire y lo suelto. Cojo aire y...

Víctor y Sara, antes

—Tenemos que dejar de vernos.

—¿Qué...? ¿Por qué...? Oye, espera.

Víctor se levantó de la cama y se puso la ropa interior. Fuera, amanecía. Una suave luz color melocotón se colaba por la ventana e iluminaba el cuerpo de Sara mientras ella ocultaba su desnudez con una camiseta de tirantes y un pantalón corto de pijama. Él pensó en el contraste de esa sencillez con la complejidad de su cabeza.

—Llevamos quedando semanas y todo es perfecto. Nos lo pasamos bien. Hablamos, reímos, follamos... —Se acercó hasta ella que, de pronto, se mostraba fría, cuando dos minutos antes había estado abrazándolo en la cama—. No lo entiendo.

—No tienes que entenderlo, Víctor.

—Ya lo creo que sí. Es lo mínimo.

Sara cerró los ojos, lanzó un suspiro largo y volvió a abrirlos despacio, como si le pesasen los párpados y durante ese segundo de oscuridad se hubiese marchado lejos.

—La cosa es que... no te buscaba. No esperaba encontrarte aquel día de lluvia, no crucé los dedos para que un tío majísimo parase el coche y me llevase a casa. Pero ocurrió. Y luego... luego... —Cogió unos calcetines y empezó a ponérselos mientras saltaba a la pata coja—. Quisiste quedar a cenar y ya entonces te dije que era una malísima idea, pero fuimos a esa hamburguesería y... y...

—¿Qué más? Continúa.

—Yo qué sé. Conectamos.

—Sí, estoy de acuerdo. ¿Y...?

Ya con los calcetines en los pies.

—Si seguimos viéndonos, me enamoraré.

—Perfecto, porque yo ya estoy enamorado de ti.

—¿Ves? —Alzó las manos—. Es imposible.

—Pero ¿qué he dicho de malo? Es solo la verdad.

Sara iba a salir del dormitorio cuando él la cogió de la mano y tiró de ella con suavidad. Estaban muy cerca. Ella contuvo el aliento porque temió desmoronarse frente a la calidez y la solidez del cuerpo de Víctor. Y ese olor... El olor de su piel le nublaba la razón. Lo supo desde la primera noche que pasaron juntos, pero quiso alargar aquel regalo un poco más, solo un poco más, y ahora ya era un problema.

—Huyes. Eres así, ¿verdad? En cuanto algo te da

miedo o te sientes vulnerable, te largas sin mirar atrás. El problema, Sara, es que te estás perdiendo lo mejor.

—Es fácil, es cómodo, es utilitario.

—«Utilitario» para hablar de amor.

—Te conozco desde hace un mes.

—Sí. Y quieres romper esto, lo que sea que tenemos, en lugar de arriesgarte a descubrir qué podría ser de nosotros si confiases en mí.

—Ya confié en otros hombres. Fue un error.

—Lo imaginaba. —Él le acarició la mejilla con los nudillos. Fue un gesto pequeñísimo y dulce y perfecto—. Pero te equivocas conmigo. Me gustas. Me gustas de verdad. Y no es tan fácil conectar con otra persona de esta manera...

—Víctor.

Él apartó la mano y dio un paso atrás.

—Está bien, ya me marcho.

Ella tenía un nudo en la garganta. Víctor se vistió, primero la camiseta y después los pantalones y los zapatos, y luego empezó a recoger sus cosas: la cartera, las gafas de sol y un paquete de tabaco (porque por aquel entonces aún fumaba). Pasó por su lado. No parecía enfadado, tan solo serenamente desilusionado. Ya en la puerta, se giró hacia Sara una última vez y le dio dos besos castos y, como ella habría dicho, «utilitarios».

—Ha sido un placer. Espero que te vaya bien.

No había irritabilidad en su voz, era sincero. Cuando salió y cerró la puerta, Sara se quedó a solas con el martilleo frenético de su corazón. Se dijo: «Esto es lo correcto». Y, después: «Pero ¿qué estoy haciendo?». Su cabeza la felicitaba, pero todo su cuerpo le gritaba que estaba cometiendo un error. Apagó el interruptor y dejó de pensar. Fue tras él. Ya se había subido al ascensor, así que bajó por las escaleras de dos en dos, a la carrera, sintiéndose tonta y ridícula por su decisión. Pero. Porque siempre existe el «pero». Y más cuando va seguido de «pero es que le habían hecho mucho daño en el pasado», «pero es que había confiado en las personas equivocadas», «pero es que le había costado recuperarse de ciertas experiencias», «pero es que estaba condicionada», «pero es que no quería volver a sufrir», «pero es que temía su propia fragilidad».

Apartó todos esos «peros» de un manotazo.

Él estaba a punto de salir de la portería cuando ella lo alcanzó. Respiraba agitada tras el esfuerzo y, al hablar, lo hizo de forma agitada y caótica.

—Espera... —Tomó aire—. Espera.

—Vale, no tengo prisa —le sonrió.

Una sonrisilla chulesca que ella quiso borrarle de un plumazo. Lo cogió de la camiseta y lo acercó hasta ella con suavidad, aún alterada.

—Tienes razón. No quiero que te vayas.

—Ya. Casi siempre tengo razón. Es así.

—Deja de hacerte el gracioso conmigo.

—Me cuesta mantener la seriedad con alguien que está en pijama y en calcetines en la escalera, pero lo intentaré. Eres un reto constante.

—Ah. —Se miró los pies—. Las prisas.

—Entonces...

—Tú y yo.

—Sí, quiero.

Sara negó con la cabeza y rio, porque él tenía razón: la situación era seria, pero las circunstancias no. Y le gustaba eso de Víctor: que rebajase la tensión de la vida con el humor. Conseguía que todo pesase siempre un poco menos. Ella le lanzó una mirada de advertencia, que a él le pareció adorable, y le dijo:

—No me hagas daño.

—Tú a mí tampoco.

Y luego, un beso. Y otro. Y otro más. Y una puerta que nunca llegó a abrirse. Y una cama aún caliente que volvió a ahuecarse. Y dos cuerpos enredados en uno solo. Y las dudas, el riesgo y los miedos conviviendo con el deseo, la intimidad y los comienzos. Y una burbuja en medio de la ciudad. Y ellos en la burbuja.

Y, sobre todo, el futuro.

Víctor, 2025

Llamo al timbre.

Sara abre la puerta y me mira en silencio. No me esperaba, pero sí me esperaba. Ocurre con la mayoría de las situaciones, es algo en lo que he pensado a menudo. Nos movemos en línea recta por el túnel de la probabilidad, pese a que somos conscientes de que los imprevistos viven en ese mismo universo.

Está descalza, como siempre.

—Víctor. ¿Qué haces aquí?

Entro. Lo hago porque lo necesito. Me cuesta ubicarme y entender que todo sigue igual, que nada ha cambiado desde que me mudé.

El silencio. El furioso silencio.

—No puedes irte así si volvemos a vernos. —La decepción inicial ha dado paso a cierta irritación—. Fingir que no me conoces, que no hemos estado juntos tantos años... —Me muerdo el labio—. Respeto tus decisiones y por eso no he intentado contactar contigo estos meses, pero que me ignores..., que me ignores es... es...

—¿Qué querías que hiciese? ¿Sentarme con vosotros a charlar?

—Sí, por ejemplo. Eso hubiese estado bien.

—¿Estás hablando en serio?

—Un poco de amabilidad de vez en cuando no te haría daño. Somos adultos. Nos conocemos mejor que nadie. Y, si por casualidad volvemos a vernos dentro de tres o cinco o diez años, me seguirá interesando saber de ti, cómo estás o qué tal te van las cosas. Siempre vas a importarme, Sara. Siempre.

Ella aparta la mirada y la clava en el suelo.

—Siento haber sido brusca. Estabas con ella... y yo... —Toma aire antes de enfrentarme otra vez—. Me ha resultado incómodo. Ya sé que no tengo ningún derecho, pero era una situación difícil... No estaba preparada...

Frunzo el ceño, confuso, hasta que entiendo lo que está insinuando. En el recibidor de esa casa donde vivimos los días más felices e infelices de nuestra vida, acorto la distancia que nos separa. El aire parece comprimirse alrededor.

—Por eso te has ido así...

—Tenía prisa. Eso es todo.

—Anna es solo una amiga.

Sara suelta el aire contenido, da media vuelta y desaparece por la puerta que conduce al comedor y la cocina. La sigo. Cada paso es un pequeño hito, como si fuese un astronauta recién llegado a la luna. Ella llega hasta la barra de madera que separa los dos ambientes, guarda silencio un largo minuto y, luego, añade:

—No tienes que darme una explicación. No es asunto mío.

—Para mí, sigues siendo mi... —No llego a pronunciar la palabra «esposa», pero tampoco es necesario. Sara sabe cómo termina esa frase.

—Ya, pero no es verdad.

—La verdad no existe.

Ella baja la mirada al suelo.

—Tienes razón. He sido brusca. Siento haberme ido así, de esa manera. Pero es que no esperaba verte y la situación me ha pillado desprevenida...

—Anna es una compañera de trabajo. Acaba de casarse —aclaro, pese a su mirada reprobatoria. Quiero que el asunto quede claro.

—Tienes derecho a rehacer tu vida.

—Lo sé, pero no entra en mis planes.

Contemplo el espacio. Todo sigue igual.

Avanzo hasta pisar la alfombra y me quedo allí, quieto. Cada detalle de esta estancia, que a ojos ajenos puede parecer insignificante, supone para nosotros algo importante e irremplazable. La lámpara de colores que trajimos de un viaje a Marruecos y las láminas que compramos en un pueblo de Italia. Los imanes de la nevera y los libros de la estantería que nos intercambiábamos para poder comentarlos con el otro. Los cojines por los que discutimos en la tienda (ella los quería verdes y a mí me gustaban más los grises. Por supuesto, ganó aquella batalla). Encima de la mesa auxiliar hay un par de velas y unas cuantas revistas de fotografía que, imagino, Sara habrá estado hojeando mientras desayunaba su café con leche con dos de azúcar. Aquel era mi momento preferido del día: otro amanecer, otro despertar, otra vez ella dormitando al otro lado de la cama. Era el tipo de persona que apagaba el despertador tres veces antes de ser capaz de levantarse. Y, luego, necesitaba lentitud, nada de desayunar con prisas.

—¿Tú cómo estás?

Me sorprende la pregunta.

—Simplemente *estoy*.

—Esa no es una respuesta.

—¿Prefieres que te dé una lista detallada de cómo me siento? Porque es larga y desagradable.

Me mira en silencio unos segundos.

—¿Te apetece un café?

—¿Tienes cerveza?

—No. Nada de alcohol.

—Tomaré café, entonces.

Me muevo hasta la zona de la cocina, todavía sorprendido por la invitación, que implica un acercamiento; el hecho de que mi visita dure más de lo previsto me aturde un poco. Quiero preguntarle por qué, pero sé que eso rompería el hechizo. Es probable que ni siquiera ella sepa la respuesta. Yo me siento igual de confuso, como si tuviese la cabeza llena de humo. No quiero pensar. No puedo pensar.

Le ayudo a preparar los cafés. Saco la leche de la nevera y el azúcar del mueble que está encima del microondas. Es fascinante que haga más de un año que no piso este apartamento y que, sin embargo, mi cuerpo siga sintiendo que es «casa» y lo reconozca con tanta soltura. Cuando voy a coger las cucharillas, mi mano roza la suya en el tirador de aluminio y Sara se aparta como si el contacto fuese doloroso.

En cierto modo, sí que duele.

Duele de un modo triste.

—Ya las cojo yo.

Me aparto y ella saca las dos cucharas. No se molesta en preguntarme cómo tomo el café, echa una de azúcar en el mío y después me lo tiende. Bebo un trago y señalo su camiseta con la cabeza. Es blanca y en el pecho tiene un dibujo de *Succession.*

—¿Te gustó el final? —pregunto.

Una sonrisa pequeña le curva los labios.

—Sí, me encantó. Pensé en ti.

—Yo también. —Es verdad, lo hice. Me pregunté durante cada minuto que duró el capítulo qué le estaría pareciendo a ella; si se había emocionado, si había llorado, si se acordaría de lo genial que eran las noches de cine y palomitas, uno junto al otro tirados en el sofá, con sus piernas sobre mi regazo...

Es curioso que precisamente sean los detalles tontos y cotidianos los que más recuerdo a diario. La memoria es un juego que se mueve en dos frentes: los grandes acontecimientos (los viajes, los golpes, las celebraciones) y los pequeños placeres (el olor a vainilla de su pelo cuando salía de la ducha, abrir un vino mientras preparábamos la cena, las risas cada vez que los vecinos de abajo volvían a cocinar sardinas y nos tocaba cerrar las ventanas para que la casa no apestase). Daría cualquier cosa por volver a vivir alguno de esos diminutos (e inmensos) momentos junto a ella.

Se termina el café y deja el vaso en la pila.

—¿Cómo te va en el trabajo?

—Bien, supongo. Aburrido.

—¿Aburrido? —Arruga la nariz e inclina la cabeza

a un lado—. ¿Desde cuándo te lo parece? Si siempre te ha encantado. Eras el empleado perfecto.

Me encojo de hombros. No vale la pena explicarle que, a veces, si algo se rompe, se lleva tras de sí todo lo demás. ¿No es eso lo que ocurre cuando tiras la primera ficha del dominó, la primera carta del castillo de naipes, una jugada perfecta a los bolos...?

El resto se derrumba. No puede sostenerse.

—¿Y tú qué tal lo llevas?

—Tirando. La vida de autónoma. Estoy negociando con un cliente para un proyecto que me interesa y me falta poco para finiquitar otros dos.

—¿Has tenido problemas con los pagos?

—Alguno. Ya sabes cómo funciona esto.

—Sigo pensando que eres la mejor.

—Nunca he sido la mejor.

—Lo eres para mí.

Se sonroja y se gira. Otra peculiaridad de Sara que sigue intacta: la tendencia a la huida, la testarudez y, como compruebo ahora, su incapacidad para recibir halagos. No sabe acogerlos y hacerlos suyos. Si se acababa de levantar por la mañana y yo le decía: «Hoy estás muy guapa», ella respondía: «No digas tonterías, estoy aquí con legañas y la marca de la sábana en la mejilla...». Si le decía que una de sus fotografías era maravillosa, ella le sacaba algún defecto y añadía algún comentario para restarle valor: «Total, la hice en un minutito, fue algo improvisado, no tiene ningún misterio».

A mí me parecía que sí lo tenía.

La clave era su manera de ver el mundo. Una mañana de agosto, estando los dos en la playa sentados en la toalla de cara al mar, hablábamos de la felicidad del momento. Yo le dije que todo era perfecto: la brisa, las olas lamiendo la orilla, la pareja que jugaba a las palas un poco más allá, las risas de unos críos que hacían un castillo de arena, las gaviotas bailando entre las corrientes de aire, los barquitos a lo lejos y ese sol inmenso, espléndido, brillante, que protagonizaba el día. Ella asintió, pensativa, pero vi que su mirada se desviaba hacia la derecha. Lo que atrapaba la atención de Sara no era la brisa, las olas, la alegría de los niños, las gaviotas, los barquitos o el sol. Ella observaba a una niña solitaria que llevaba un apretado bañador rosa con volantes y se comía con torpeza un helado de limón. «¿Qué le ocurre?», pregunté. Y Sara contestó: «El helado se derrite. Quiere disfrutarlo, pero odia las gotitas que se le caen en la mano y le dejan una sensación pegajosa. Lo lame por ahí y es aún peor. Se siente frustrada. Ese helado es como la vida: intentamos atraparla, pero el sol hace su trabajo, implacable». La miramos hasta que se terminó el helado a mordiscos, casi engulléndolo y con prisas, sin atisbo de placer, cuando se resignó al entender que degustarlo lentamente era un deseo inalcanzable. Sé que si Sara hubiese tenido que capturar un instante de aquel luminoso día, hubiese fotografiado a la niña del bañador rosa.

Las fotografías de Sara eran como poner su cerebro delante de un espejo. Una parte de ella dormía ahí, en una esquinita o en la parte central, en el detalle o en lo evidente, pero siempre estaba. Tenía una sensibilidad maravillosa. Aún la tiene, solo que no quiere mirarla de frente como sí lo hacía tiempo atrás.

Me fijo en la curva de su nuca.

Me fijo en sus hombros, su espalda.

Dejo de hacerlo cuando oigo el chasquido de la cerradura y la puerta del apartamento se abre. Después, unos pasitos pequeños y esa voz cantarina.

Sara, 2025

Sofía entra en casa hablando a gritos, diciendo no sé qué sobre las prácticas de la mañana... hasta que ve a Víctor en la cocina. Pestañea, confusa, y luego deja caer al suelo su bolso y corre hacia él. Lo abraza. Es uno de esos abrazos llenos de palabras y familiaridad. Yo les dejo espacio, emocionada por el reencuentro, aturdida por lo que duele. Es mi vida pasada estrechando entre sus brazos al futuro que no tendré.

Sigo sin entender por qué he dejado que Víctor entre en casa, por qué lo he invitado a tomar un café y por qué he permitido que el momento se alargue. Ya ha sido todo lo suficientemente difícil como para remover otra vez el dolor. Me siento como si tuviese una herida en el pecho, a la altura del corazón, y un bisturí en la mano. Cada vez que la herida empieza a cicatrizar, la abro de nuevo, despacito y con tiento, como si de alguna forma retorcida fuese adicta a ver la sangre brotando una y otra vez.

Soy una caminante perdida que da tres pasos al frente, dos atrás, cuatro al frente, cinco atrás, dos al frente, uno atrás. El lugar no cambia.

—Eh, no llores, tranquila —le dice él.

—Hacía tanto tiempo... —gime Sofía.

—Ya. —Coge aire—. Ya lo sé.

Les doy la espalda mientras hablan y me entretengo guardando los cubiertos secos en el cajón, los vasos en el armario, los platos apilados al lado...

—¿Por qué no te quedas a cenar?

Me giro y le lanzo una mirada inquieta a mi hermana. Sé que adora a Víctor. Siempre lo ha hecho. Lo conoce desde que era muy joven y él ha estado ahí cada vez que lo ha necesitado, cuando nuestra madre presionaba más de la cuenta, si tenía dudas sobre algún chico o cuando necesitaba un referente paterno que supliese la ausencia de nuestro padre. Pero esto..., esto es demasiado.

—No creo que sea buena idea —digo.

—¿Por qué no? Si ya está aquí.

—¿No tenías el cumpleaños de María?

—Bah. No me importa perdérmelo.

Víctor da un paso al frente e interviene:

—Tu hermana tiene razón. —Le regala una caricia tierna en la cabeza y añade—: Es verdad, lo mejor será que me marche ya.

Coge la cartera y las llaves que había dejado en la

mesa de la cocina y le da un beso a Sofía en la mejilla. Cuando se acerca a mí, lo hace con indecisión.

Quiero que me toque. No quiero que me toque. Quiero que me toque. No quiero que me toque. Quiero que me toque. Quieroquemetoque. Quieroquemetoque.

Sofía me dedica una mirada dolida antes de salir de la cocina. Tengo un nudo en la garganta. Víctor sigue frente a mí, inmóvil. La barba de un par de días le cubre las mejillas y, de pronto, solo deseo hundir los dedos ahí, justo ahí, y acariciar su piel; subir luego por esa nariz aniñada que contrasta con los rasgos angulosos de su rostro y jugar a buscar las pecas, una, dos, tres, cuatro, cinco, seis, siete, ocho, nueve; atrapar con el pulgar la tensión de su entrecejo y después seguir la ruta que marca la vena que se dibuja en su sien derecha hasta acariciar su cabello oscuro.

—Bueno... —Víctor carraspea y se despide—: Ya sabes dónde encontrarme si en algún momento necesitas cualquier cosa...

—Patatas.

—¿Qué?

—Y ajos. Si quisieses quedarte a cenar —digo, porque he dejado de ser dueña de mis palabras—. Necesitaría que bajases a comprar.

—Ah. La especialidad.

Sonríe. Sonrío. Siempre fue mi plato estrella: patatas al horno cortadas en finas rodajas con especias, ajo y una salsa de queso. Solía hacerlo el fin de semana. De lunes a viernes, él se adueñaba de la cocina. Hay docenas de fotografías en las que aparece Víctor en esta estancia, de espaldas, inclinado sobre la repisa y cortando verduras con gesto de concentración, escuchando música y con una copa de vino cerca.

Él no responde, pero se acerca a la nevera.

—¿Puedo echar un vistazo?

—Sí, claro, adelante.

La abre y sopesa lo que hay.

—Creo que podríamos hacer algo decente con lo que tienes, pero si lo prefieres bajo en un momento y compro patatas. Tú eliges, Sara.

Pronuncia la palabra «elegir» con una cadencia singular. No estamos hablando de patatas. O, al menos, no solo de eso. Hay más, mucho más. Quizá se refiere a todo. Puede que las patatas seamos nosotros; en ese caso, la mía estaría llena de brotaciones.

Niego con la cabeza. Empiezo a delirar.

—Sabes que confío en tus dotes culinarias. —Hago un esfuerzo y consigo sonreír con los labios tirantes—. Voy a avisar a Sofía, ahora vuelvo.

Encuentro a mi hermana en el cuarto de baño. Los productos de maquillaje están esparcidos por todas partes, prueba de que acaba de usarlos, y ahora está planchándose el pelo mientras tararea una canción en inglés que no conozco.

—Deja de arreglarte —le digo mientras, de paso, empiezo a meter en el neceser todas las cosas que son mías y ha cogido sin permiso—. Víctor se queda a cenar.

La veo sonreír a través del espejo.

—Ya lo sé. Os he oído.

—Entonces, ¿qué haces?

—¡Tengo el cumpleaños de María!

—¡Pero has dicho que no irías!

Me arrebata de las manos un pintalabios rojo cereza y se lo aplica con soltura. Cierra el envase y me lo devuelve. Coge el bote de colonia.

—Así podréis estar los dos solos.

Me contengo para no gritarle que esto no es un juego, que qué está haciendo, que no puede comportarse conmigo como lo hace con sus amigas (esas que pecan de infantilismo). Y, mierda, debería haberlo imaginado. La conozco. En el fondo, sé que nunca me ha entendido como yo la hubiese entendido a ella.

—¿Por qué estás haciendo esto?

—Por ti. Y también por él. —Se cuelga el bolso del hombro y baja el tono de voz hasta que se convierte en un susurro—. ¿Es que no ves cómo está? Decir que se parece a su peor versión sería casi halagador. Después de tantos años, con lo que habéis sido el uno para el otro... —Hace una pausa—. ¿Sabes? Yo te envidiaba tanto como te idolatraba. Siempre soñé con encontrar a alguien que me mirase como Víctor te miraba.

Pestañeo para contener las lágrimas.

—Bien. Vete. Márchate.

Sofía resopla con indignación y su irritabilidad se queda flotando en el baño cuando ella abandona la estancia. A lo lejos, la oigo despedirse de Víctor y, luego, le sigue el chasquido de la puerta del apartamento que se cierra.

Tomo aire, cierro los ojos y me preparo para volver a la cocina.

Para volver a él.

Víctor, 2025

Estoy cortando la cebolla en trocitos diminutos y me pregunto si un corazón puede fragmentarse igual mientras a uno se le escapan las lágrimas. Sara regresa a la cocina. Por la forma en la que se ha marchado su hermana, imagino lo que ha ocurrido. Aparto a un lado la cebolla, junto a las tiras de pimiento, el tomate y el aguacate. Me seco las manos en un trapo de cocina con un estampado de lunares.

—Oye, Sara, no te preocupes. No estás obligada a hacer esto. Termino de preparar la cena y me marcho, ¿de acuerdo?

—No, no. Quédate.

—¿Estás segura?

—Sí. —Zanja el tema y se acerca para ver los ingredientes que hay sobre la encimera—. Dime qué necesitas que haga.

Durante los siguientes quince minutos, cocinamos juntos en silencio, uno al lado del otro. Le pido que se encargue de las cosas más sencillas mientras salteo las verduras al punto y las aderezo. Un par de veces, su brazo roza el mío por accidente. Quiero abrazarla. Me contengo. Rompo el silencio al pedirle que saque la bolsa de tacos. Cuando lo hace, me obligo a apartar la vista de ella porque no consigo evitar quedarme absorto mirándola cada vez que tengo la oportunidad de hacerlo sin que me vea. Deseo retener cada gesto, cada respiración, cada movimiento y cada instante de este espejismo efímero y maravilloso en el que estamos sumergidos...

... porque sé que se romperá pronto.

Relleno los tacos con la mezcla de verduras y los sirvo en dos platos. Ella coge vasos y servilletas y, sin necesidad de aclararlo antes, nos acomodamos en el sofá. Eso era lo que hacíamos las noches de tacos: algo sencillo que pudiésemos comer mientras hablábamos después de un día cansado o veíamos una película.

Sara se sienta al estilo indio entre los cojines, con el plato sobre el regazo. Se mueve para alcanzar el mando a distancia y enciende la televisión. Doy los primeros mordiscos mientras ella hace zapping.

—No hay nada interesante.

—¿Has visto ya la última de Sorrentino?

—No. Quise ir al cine, pero al final...

—Ponla. Creo que te gustará.

La busca en una plataforma y la selecciona. Noto

que se mueve con cautela cuando deja el mando a un lado. El espacio en el sofá es insoportablemente íntimo y ella está preciosa, despeinada y con ropa de estar por casa.

Todo es tan... normal.

Todo es tan... extraño.

—Mmmm. El taco está buenísimo —farfulla.

—Lo sé. Lo raro es que te sorprenda.

—Qué tonto eres. —Y, entonces, se ríe.

Sara está riéndose, justo ahora, a mi lado.

Hace más de un año que no la he visto reír. Un desierto, un abismo, una eternidad. Ya no recordaba el timbre exacto de su risa, el toque ronco de sus carcajadas que envuelve la habitación de algo vibrante y colorido.

—¿Qué te hace tanta gracia?

—Shh, nos perdemos la película.

—Existe una función conocida como «pausa». Y, ahora, contéstame: ¿qué tengo que hacer para que vuelvas a reírte así? Porque haría lo que fuese. Cualquier cosa.

Ella traga saliva con nerviosismo.

—Víctor... —suplica.

—Joder. Lo sé. Ya lo sé.

Respiro hondo y me levanto. Dejo el plato en la mesa auxiliar con la mitad de la cena intacta y me llevo una mano a la nuca, sin dejar de pensar... sin dejar de pensar en esa decepción que entreveo en sus ojos. Es como si se le escapase. No consigue controlarlo. Y, cuando sucede, me siento delante de un espejo enorme.

—Ni siquiera sé qué estoy haciendo aquí.

—Yo no he dicho nada... —susurra Sara.

Ya. Pero es que, a veces, cuando una mirada lo encierra todo, las palabras están de más. Me palpo los bolsillos de los vaqueros y saco las llaves del coche.

—Debería irme.

El silencio nos aplasta.

—Puede que sí.

No sé muy bien cómo lo consigo, pero dejo un beso suave en la comisura de sus labios e ignoro el tirón en el estómago. Mi cuerpo reclama más, un poco más... Pongo distancia entre nosotros antes de que el impulso se apodere de mí y la noche se vuelva todavía más contradictoria y confusa. Ella tiene los ojos acuosos. Me giro y salgo del apartamento sin decir adiós. Bajo por las escaleras y salgo al frío de la noche. Me siento enfadado y apenado y solo y dolido y culpable y más solo y nostálgico y atrapado y más y más solo, muy solo, terriblemente solo, irremediablemente solo, profundamente solo.

—Joder, joder, joder...

Como si volviese a ser un crío incapaz de gestionar sus emociones, golpeo la pared de ladrillo del portal. En cierto modo, el dolor me recuerda que sigo vivo.

Al subir al coche, me miro los nudillos ensangrentados y muevo los dedos con torpeza. Soy imbécil. Soy un monstruo. Soy todo lo que hemos perdido.

Hubiese querido consolarla, de verdad que sí. Pero ni siquiera sé consolarme a mí mismo. Todavía no se han inventado palabras que puedan calmarme.

Miro el móvil antes de arrancar el coche. Anna ha llamado tres veces, imagino que preocupada por cómo he reaccionado tras ver a Sara esta mañana en la cafetería. Es fascinante la percepción del paso del tiempo, la manera que tiene de expandirse o encogerse según las circunstancias. Un año, un día. Un día, un año.

Y no hay forma de pararlo.

Víctor y Sara, antes

A Sara siempre le ha gustado la lluvia.

Le gusta la lluvia fina.

Le gusta la lluvia oblicua.

Le gusta el olor de la tierra mojada después de la lluvia.

Le gusta el rastro que la lluvia deja en la ventana.

Le gusta contemplar los limpiaparabrisas cuando llueve.

Le gusta el ruido melancólico de la lluvia.

Le gusta pensar que todas esas gotitas solitarias terminan formando un charco enorme en el suelo y ya nunca vuelven a sentirse perdidas.

Le gusta jugar a fotografiar la lluvia.

Le gusta salir a la calle sin paraguas. O, mejor aún, cogerlo para no abrirlo.

Le gusta la película *Cantando bajo la lluvia,* ver a Gene Kelly exultante entre charcos y farolas. Y también la escena de *Cuatro bodas y un funeral* en la que Hugh Grant y Andie MacDowell se besan. Y la de *Los puentes de Madison,* cuando Francesca lucha contra el deseo mientras fuera del coche llueve a cántaros. Y el maravilloso momento de Audrey Hepburn y su gato en *Desayuno con diamantes.*

Le gusta la lluvia cuando las gotas son gruesas y pesadas, ese plof, plof, plof.

Le gusta que la lluvia le deje el pelo apelmazado sobre la cabeza.

Le gusta estar bañándose en el mar y que empiece a llover.

Y a Víctor le gusta mirar a Sara mientras llueve.

Sara, 2025

No me sorprende ver a mi hermana sentada frente a la mesa de la cocina cuando me levanto. Está comiéndose una napolitana de chocolate y lleva puesta la ropa de la noche anterior porque, con total seguridad, aún no se ha acostado. La ignoro y saco la leche de la nevera. Todavía me duele que no sea capaz de ponerse en mi lugar. Me acomodo al otro lado de la mesa y le echo un vistazo a la revista sobre fotografía que guardo junto al frutero; paso las páginas haciendo todo el ruido posible. Tiendo a demostrar mis enfados con diferentes niveles sonoros, lo admito: un cepillado de dientes excesivamente brusco, unos pasos severos, unos dedos repiqueteando, una puerta que se cierra de golpe.

—¡Vale, lo sieeeento! —Ella nunca aguanta la tensión—. Lamento haberte tendido una encerrona, pero es que me sentí fatal cuando lo vi con ese aspecto...

No levanto la vista de la revista. Bebo un trago de leche.

—Sé que no estuvo bien y que odias que me meta en tus asuntos —continúa Sofía—. Pero al verlo aquí pensé que quizá... quizá... estabais limando asperezas. ¿Ha pasado algo que deba saber? Porque quiero que me lo cuentes absolutamente todo.

—Déjame pensarlo... —Finjo que medito—. No, no tengo nada que contarte.

—Eres la típica hermana mayor huraña.

—Y tú, la pequeña entrometida.

—Bien. Es menos insultante.

—Son las ocho de la mañana, será mejor que te acuestes ya, antes de que empieces a decir más tonterías. El alcohol siempre te ha sentado regular.

Sofía me arrebata la revista de las manos y la deja a un lado de la mesa. Lo cierto es que solemos discutir a menudo por estupideces irrelevantes, pero lo que hizo ayer... eso fue ir un paso más allá. Y aunque Sofía no tenga la culpa, odio la forma en la que se marchó al final, después de tantas palabras no dichas...

—Me lo encontré en una cafetería —confieso.

No quiero pagar con mi hermana mis frustraciones. Soy consciente de lo que ha hecho por mí durante el último año; siempre pendiente y alegre y considerada. Después de todo lo que me ha demostrado, puedo perdonarle un desliz.

—¿Y le invitaste a venir aquí?

—No exactamente.

—¿Entonces...?

—Digamos que mi reacción no fue la adecuada. Me fui de la cafetería de una forma un poco brusca y, bueno, fue raro e incómodo.

—Ya te imagino, pff. —Sofía resopla.

—... porque estaba con una chica —añado, y ella abre los ojos de golpe con una mezcla de sorpresa y horror—. Pero gracias por juzgarme antes de tiempo.

—Te quiero tal y como eres, pero reconoce que puedes ser muy antipática cuando te lo propones. Va, sigue contando, ¿quién era la chica?, ¿qué pasó?

—Él apareció en la puerta de casa unas horas después y me pidió que no volviese a irme así si algún día volvíamos a encontrarnos. Y, entonces, bueno, entonces... lo invité a tomar café. Aún no sé por qué. Fue una estupidez. Una gran, inmensa y enorme estupidez. —Niego con la cabeza mientras me pongo en pie para dejar el vaso vacío en la pila de la cocina—. No volveré a verlo. Ya está. Es mejor así. Y, ahora, vete a dormir. Tienes que estar muerta de sueño.

Indecisa y divertida, Sofía se muerde el labio inferior.

—¿Y si te dijese que vas a tener que verle otra vez?

—¿Por qué iba a suceder?

Me enseña una cartera marrón.

Mierda, mierda, mierda. Me quedo mirando el objeto en silencio durante unos segundos. Esa cartera es mortífera. Simboliza a un hombre entero, sus ojos, sus manos grandes, el movimiento de la nuez de su garganta y el timbre grave de su voz.

—La dejaría aquí al ponerse a hacer la cena y supongo que luego olvidaría cogerla —dice Sofía—. No me digas que no piensas devolvérsela.

Suelto un bufido de fastidio.

—¡No me lo puedo creer!

—Tampoco es para tanto.

Cojo la cartera y evito abrirla.

—Bien. Tú vete a la cama.

—Vale. Pero si me necesitas...

—Está todo controlado, tranquila.

Sale de la cocina con los zapatos de tacón colgando de su mano y desaparece por el pasillo. Tengo suerte de tenerla en mi vida, pese a que no podamos ser más distintas. Cualquier otra persona hubiese huido con tal de no aguantar mi mal humor.

Vuelvo a mirar el objeto marrón.

«No es tan difícil», me convenzo.

Dos horas más tarde, busco el teléfono de Víctor en la agenda y espero con impaciencia a que coja la llamada. No responde. Pruebo una segunda vez. Entonces, sí. Entonces alguien descuelga, pero al otro lado de la línea solo hay un silencio enmarañado seguido de una voz acongojada que apenas reconozco.

—¿Víctor? ¿Me oyes?

—Sara...

—Sí, soy yo. —Camino de lado a lado, incapaz de quedarme quieta—. Siento molestarte, pero te llamaba porque ayer te dejaste en casa la cartera. Es sábado y he pensado que quizá te vendría bien pasar a recogerla esta tarde o... cuando puedas.

Más silencio. Y, después:

—Ah, eso, sí, sí, claro. Da igual, tú solo... tírala o... haz lo que quieras. Siempre... Siempre lo haces al final, de todos modos... ¿Qué más da?

Está borracho.

Si Víctor no fuese la persona que mejor conozco en el mundo, podría haber pensado que arrastra las palabras porque acaba de levantarse o tiene un mal día, pero no. Es evidente que ha bebido. Mucho. Demasiado. A las diez de la mañana.

—Es eso, ¿no? Lo tiras... todo. Haces una limpieza integral. Como si las cosas no tuviesen valor, como si fuesen reemplazables... y yo... yo...

Estoy conteniendo el aliento mientras las palabras de Víctor me zarandean y observo los pájaros que surcan el aire al otro lado de la ventana. El cielo es de un gris triste y perlado. Los estorninos negros se posan en los cables que cruzan la ciudad, ajenos a la electricidad que contienen. La vida y la muerte son amantes inseparables.

—No te muevas. Voy para allá. —Y cuelgo.

Estoy temblando. Sé a qué edificio se mudó cuando se fue de casa, pero nunca he estado allí y me altera su presencia constante estos últimos días. No me permito seguir pensando, porque podría desmigar el miedo hasta convertirlo en trocitos diminutos y al final terminaría por no ir. Me visto con prisas, meto su cartera en el bolso todavía maldiciendo por lo bajo y salgo de casa sin mirar atrás.

Víctor reside ahora a las afueras de la ciudad, en un barrio tranquilo, de esos que el ruido del centro todavía no ha conquistado. La finca es de un color azul más apagado que el habitual cielo de Valencia, con balcones pequeños y casi todos vacíos, sin plantas a la vista que dejen pistas de los dueños que se esconden en su interior.

Tengo que llamar al timbre cuatro veces para que me abra.

Al salir del ascensor, veo que la puerta está abierta, pero él no está esperándome. Entro en el apartamento y me estremezco ante la fría e impersonal decoración. Todo es aséptico y la huella de Víctor no está por ningún sitio. Paso de largo el comedor, donde solo hay un sofá blanco y una televisión sobre un mueble bajo.

Lo encuentro en la cocina.

Permanece tranquilo mientras se llena otro vaso. No se molesta en cerrar la botella. Antes de que pueda llevárselo a los labios, se lo quito de las manos y tiro el líquido ambarino por el desagüe de la pila. Me mira con indiferencia.

Estoy enfadada. Enfadada y asustada.

—¡Víctor! ¿Qué estás haciendo?

—¿Acaso importa?

—¡Claro que sí!

—¿Y a quién?

—A mí. Lo sabes.

Se ríe sin ningún tipo de humor.

Tiene los ojos vidriosos y el azul que antaño era vivo y vibrante ahora es opaco. Se tambalea a un lado cuando se mueve con torpeza y lo sujeto antes de comprender que es una de las primeras veces que nos tocamos de verdad desde hace una eternidad.

—Son las once de la mañana de un sábado cualquiera y estás borracho. No es normal. He pasado por esto, créeme. Necesitas ayuda, Víctor.

Él tiene la mirada perdida.

—Necesito que acabe ya...

—¿Que acabe qué?

—Joder, esta tortura.

Lo cojo del brazo. No puedo dejarlo así. No puedo. Víctor sigue siendo Víctor. Y eso es aún más poderoso que mi propio dolor. Así que lo aparto a un lado y me centro en el suyo, que está por todas partes, que lo sostiene y lo hunde a la vez.

Víctor, 2025

Me dejo caer en el sofá y ahogo un quejido. Sara se sienta a mi lado y, temblando, me coge de la mano y le echa un vistazo a los nudillos aún ensangrentados de la noche anterior. No sé qué he hecho exactamente desde entonces. Beber, dormir, mirar por la ventana el amanecer, beber, volver a dormitar...

—¿Qué estás haciendo aquí?

—Te dejaste la cartera.

—Ah, ya, sí, eso.

—Voy a curarte.

—No es necesario.

Aparto la mano con brusquedad y después nos quedamos en silencio; ella me mira a mí y yo mantengo la vista fija en la pantalla negra del televisor apagado.

—¿Tienes desinfectante en el baño?

—¡Te he dicho que no quiero! Vete. Sigamos fingiendo que no nos conocemos y toda esa mierda.

No me importa. Ya no me importa nada, ¿es que no lo ves?

—Veo a alguien que no conozco.

—Bienvenida a nuestra realidad.

—¿Qué quieres decir?

—Déjalo. Si da igual.

Me concentro en el suelo espigado de madera cuando ella se pone en pie y abandona el comedor. Por un momento pienso que se ha marchado, incapaz de soportar la situación, pero regresa con un par de gasas y agua oxigenada. Resoplo por lo bajo, aunque permito que lleve mi mano a su regazo y empape la gasa para limpiar después la herida con delicadeza. Quita los restos de sangre y mi respiración se torna irregular. Ella no es consciente de que consigue estremecerme con cada caricia.

—¿Mejor? —pregunta cuando termina.

—Supongo que sí. Gracias. —Flexiono los dedos despacio—. Siento la forma en la que me fui anoche. Solo... vi algo en tus ojos que no pude soportar, pero no debería haber reaccionado así. No quería fastidiar esa especie de tregua.

—Tú y yo no estamos en guerra, Víctor.

—Tienes razón. Ambos hemos perdido.

—No es por eso y lo sabes. —Se inclina, coge aire y sus dedos acarician mi mejilla con tanta suavidad como el aleteo de una mariposa. Apenas puedo creer que esté ocurriendo en realidad—. Me duele verte así. Yo no quería esto para ti, nunca lo quise.

—No podemos volver atrás.

—Pero si dejas que te ayude...

—Es imposible. No hay salida.

—Puedo intentarlo —insiste.

Hay una súplica velada en sus ojos y aún siento el tacto de sus dedos en mi piel. Es un misterio el deseo que ella siempre ha despertado en mí con apenas un beso.

Desde el primer día.

Hasta el último día.

—No servirá, Sara.

—Conozco a alguien que me ayudó hace unos meses. Por favor.

—No lo sé. —Me froto la frente con el dorso de la mano, confuso y abrumado por su presencia y el aturdimiento del alcohol. No me siento dueño de mis palabras cuando, a continuación, digo—: ¿Puedo pedirte algo?

Duda, aún sentada en el sofá.

—Claro. Dime.

—Deja que te bese.

—Víctor, eso... eso no es algo que...

Le aparto con la mano los mechones que escapan

de la coleta y enmarcan su rostro. Tiembla y entreabre la boca. No estoy seguro de quién se acerca primero, pero nuestros labios se encuentran a medio camino como si disfrutasen de un periodo de libertad condicional después de una larga condena. El beso es desesperado y rabioso y eléctrico. No hay rastro de dulzura en este instante. Alejo la confusión y todo lo llena su boca, sus dientes, su lengua, su saliva, su respiración agitada. Ella es mucho más adictiva que la ruleta del casino, los refrescos con azúcar o el tabaco. Porque es hogar. Todos queremos un hogar. Necesitamos a alguien adonde volver. Hay dos vidas contenidas en este beso.

Mi mano se cuela bajo su camiseta y, en su espalda desnuda, dibujo un camino que asciende por la columna vertebral hasta el comienzo de la nuca. Su cuerpo atrae a mi cuerpo. Ya no queda espacio entre los dos. Nos tocamos con movimientos torpes e inestables, presos del delirio del momento. Desabrocho el botón de sus vaqueros y, después, siento su deseo en mis dedos. Se agita entre mis brazos cuando la toco y su boca busca la mía para ahogar un gemido. La acaricio más rápido, más y más. Muerdo la deliciosa curva de su barbilla y le susurro:

—Ojalá pudieses hacerte una idea de cuánto te quiero.

Sara abre los ojos en medio de la neblina de placer. Temblando, me empuja con suavidad por los hombros y me aparto. El contacto se rompe de golpe. De un calor insoportable al frío más inhóspito. Ella es incapaz de adivinar los arañazos invisibles que aparecen con cada gesto, cada mirada, cada silencio.

—No podemos hacer esto. No podemos.

—...

—Es mejor parar ahora.

—Vale —contesto.

—Pero dejarás que te ayude.

—Sí, supongo que sí.

Me levanto con un suspiro y voy a la cocina. Abro la ventana. El aire templado de la mañana se cuela dentro. El cielo está cargado de tensión, porque se avecina una tormenta. Oigo el sonido de la puerta de mi apartamento al cerrarse y, un minuto después, veo a Sara salir del portal y caminar por la calle de enfrente con esas zancadas cortas pero decididas que la caracterizan. Desde esta distancia, es un peatón más, una de los cientos de mujeres que viven en esta ciudad. ¿Se vuelven las personas un hábito? ¿Y elegimos de quién nos enamoramos o todo es fruto del azar y del momento del corazón? ¿Dónde empieza y acaba nuestra toma de decisiones cuando hablamos de amor?

Cada vez que algún amigo me ha pedido consejo sobre su relación de pareja, he planteado la misma pregunta: «Si la conocieses ahora, si entrases en un bar y la vieses, si te tropezases con ella por la calle o fuese tu compañera de oficina, ¿volverías a enamorarte de ella?». En ocasiones, han surgido dudas y, en otras, la respuesta ha sido rotunda: «No, ahora no».

Pero, en mi caso, si volviese a parar ese coche y Sara me mirase bajo la lluvia como me miró ese día, sé que volvería a enamorarme de ella sin remedio. Eso es lo jodido del asunto. No perdimos la pasión. No perdimos el asombro. No perdimos la magia de lo cotidiano. No perdimos las risas compartidas. No perdimos la conversación.

Perdimos otra cosa.

Cierro la ventana y corro las cortinas blancas. Después, busco en la despensa y en la nevera todas las botellas de alcohol que tengo y las vacío una a una en la pila.

Cuando termino, vuelvo a meterme en la cama.

Sara, 2025

Llevo toda la semana recreando cada mísero y ridículo instante que pasé en el apartamento de Víctor. Por desgracia, no he olvidado ni un solo detalle. Recuerdo el anhelo en sus ojos, la voz ronca, sus labios cálidos sobre los míos, el rastro áspero de la barba de dos días y esa forma tan delicada y familiar de tocarme...

Suspiro e intento concentrarme en las fotografías que aparecen en la pantalla del ordenador. Se supone que debo elegir cinco, pero a pesar de tener más de una treintena no me encuentro en ninguna de ellas. Es como si las hubiese hecho otra persona. Son bruscas y la luz es poco sutil y muestran una contención incómoda. Selecciono las que me parecen menos malas y se las mando por correo al cliente.

El apartamento está sumido en un silencio claustrofóbico. Mi madre ha llamado antes para preguntarme si la pamela naranja conjuntaría con el vestido color ocre que piensa ponerse para la boda de la prima Clara. «Me importa una mierda», he contestado.

Porque es la verdad. No voy a ir a esa boda y me es indiferente lo que mi madre se ponga para asistir al evento. Ella ha refunfuñado por lo bajo, después de repetir la misma cantinela que de costumbre, y ha colgado sin despedirse.

Sofía está el fin de semana en Alicante con unas amigas.

Solo son las ocho de la tarde cuando saco de la nevera un paquete de lasaña de verduras precocinada. Clavo con rabia el tenedor en el plástico que la recubre y la meto en el microondas. Luego, contemplo el plato que gira y gira y gira en el interior de la caja de acero. A esto he llegado: quizá sea el instante más interesante del día.

De pronto, el móvil vibra.

Es un mensaje de Víctor. Hace siete días que no sé nada de él, desde que hui y le llamé al llegar a la seguridad de mi casa para darle el número de mi psicóloga. Cojo aire. Tan solo ver su nombre en la pantalla provoca que se me disparen las pulsaciones, por eso es un error dejar que entre de nuevo en mi vida. No puedo. No.

De Víctor para Sara,

a las 20:08 p. m.

Hoy he ido a la segunda sesión.

Tenías razón. Gracias por todo.

Lo leo tres veces, como si fuese una adolescente cursi o no pudiese entender a la primera algo tan simple. No estaba segura de que fuese a seguir mi consejo. Sonrío y respondo mientras la lasaña sigue dando vueltas en el microondas.

De Sara para Víctor,

a las 20:14 p. m.

No sabes cuánto me alegro por ti.

Cuídate y no dejes de ir.

De Víctor para Sara,

a las 20:16 p. m.

No lo haré. Te lo prometo.

¿Qué estás haciendo ahora?

Indecisa, me muerdo el labio y me siento en la silla de la cocina sin soltar el móvil. Escribo y borro. Escribo y borro. Escribo.

De Sara para Víctor,

a las 20:18 p. m.

Hago la cena. Lasaña.

Nada interesante.

De Víctor para Sara,

a las 20:19 p. m.

Tú siempre eres interesante. Incluso «haciendo» lasaña (no tengo ninguna duda de que es precocinada). Que aproveche. Buenas noches.

Sonrío como una tonta hasta que el pitido del microondas rompe el momento de letargo. Suelto el móvil como si quemase y saco la cena. No me molesto en volcar el contenido en un plato, me limito a coger un tenedor y, de pie, como en silencio.

A veces el tiempo pasa muy muy muy despacio.

A veces me acuesto temprano para restarle horas al día.

A veces, solo a veces, me pregunto si me equivoqué con Víctor.

Víctor, 2025

—¿Una psicóloga?

Anna me mira con interés. Me pregunto cómo consigue llevar al día todas sus tareas y pasar la mayor parte del tiempo de su jornada laboral junto a mi mesa.

—Sí. Ya había ido el año pasado, pero, no sé, fue diferente. No me sentía cómodo y lo dejé enseguida. Esta vez me lo estoy tomando de otro modo...

—No lo sabía. Es una buena idea.

—Tampoco tengo más opciones.

—Te veo mejor. Con menos ojeras.

—Ya. Pues duermo igual de mal.

—Eres el rey de la positividad.

Anna mira la pantalla de mi ordenador, se ríe y señala el logotipo de la empresa que acaba de contratarnos. Es un círculo fino y en el interior hay un elefante azul con una trompa larga que escapa de la esfera por el lado derecho.

—En serio, ¿no se les ocurrió nada más cutre?

—Parece ser que no... —Se me escapa una sonrisa.

—Dime una cosa: si volvieses a nacer, ¿te dedicarías otra vez al marketing y al asesoramiento? ¿Nunca te ha gustado ninguna otra cosa?

No la miro. Sigo trabajando. Me concentro en el elefante.

—Me dedicaría simplemente a vivir.

—Sería una buena respuesta si pudiésemos conquistar cuevas y no existiese la palabra «factura». Ahora en serio, contéstame. Me interesa.

—No era una broma, Anna. Le daría un lugar diferente al trabajo, aunque intentaría que lo que hiciese me aportase algo más que unos números a final de mes en la cuenta bancaria. Tómate la libertad de verlo como un consejo. Es gratis.

Sentada en la esquina de mi mesa, balancea las piernas.

—En realidad, tengo algunas dudas. Muchas dudas.

Con esa frase, consigue que le preste toda mi atención.

—¿Qué clase de dudas?

—¿Debería dejar este trabajo?

—¿Perdona? ¿Qué...?

—Y, luego, abrir con la herencia de mi abuela una tienda de antigüedades. Es una locura, ¿verdad? Tal como están las cosas... y yo pensando en tonterías. Lo sé. Es solo que me encanta. Me viene de familia. Nos va lo de buscar y restaurar muebles y objetos olvidados. Ni te imaginas lo que mi tío ha llegado a almacenar en una casa de setenta metros cuadrados...

—No es una locura. Hazlo. No lo pienses más. Si al final no funciona y necesitas volver a este trabajo, me aseguraré de que no tengas ningún problema.

Vuelvo a clavar la vista en la pantalla del ordenador. Me siento turbado pero satisfecho, porque los momentos sentimentales nunca han sido mi fuerte. Y, joder, lo último que quiero es que Anna se marche de la oficina. Es la única persona del edificio con la que me siento lo suficientemente cómodo como para no tener que fingir.

Pero si va a ser feliz...

De eso va todo, ¿no? Ser felices.

Nada más. Aunque nada menos.

—¿Lo estás diciendo en serio?

—Sí. Recuerda avisar con un poco de antelación cuando decidas abandonar el infierno y lanzarte a la aventura. Eso siempre evita problemas.

Anna sonríe con timidez y baja de la mesa. Se planta delante de mí y, de pronto, me mira seria, como si durante los últimos días no me hubiese visto de verdad.

—Si al final me marcho, ¿seguiremos viéndonos? Ya sé que podría considerarse un milagro, teniendo en cuenta tu actitud habitual, pero te he cogido cariño. Marcas la diferencia. Eres la persona más odiosa que he conocido en la oficina.

Casi consigue arrancarme una carcajada.

—Me gustaría decirte que sí, pero los dos sabemos que será mera palabrería. Funcionaría al principio, quizá los primeros meses; luego, nos iríamos distanciando y posponiendo cada café y cayendo en el típico: «Hace mil años que no nos vemos, tenemos que quedar, pero, ya sabes, entre unas cosas y otras...».

—Habría sido más fácil decir «no».

Anna se ríe y chasquea la lengua. Consulto la hora y me levanto mientras contemplo la oficina, que ahora es un páramo silencioso.

—Ya deberías haberte ido a casa. Son las cinco de la tarde de un viernes. Esto parece la zona cero de una catástrofe natural.

—Lo sé. Estaba a punto de irme.

Decido que es el momento para dar también por finalizada la jornada, pero antes de que pueda coger de la mesa el móvil y las llaves, Anna se acerca y me abraza. Es un abrazo suave y cálido. No sé cuánto tiempo ha pasado desde la última vez que alguien me abrazó, pero había olvidado lo reconfortante que es sentirse acunado entre los brazos de otra persona y la forma en la que la tensión se disipa por unos instantes.

Se muestra avergonzada y satisfecha al apartarse.

—Gracias por tu amistad, Víctor. No lo olvidaré.

Ya se ha dado la vuelta, cuando las palabras se me escapan:

—¿Sabes? Lo he pensado mejor. Sí que estaría bien quedar alguna vez a tomar algo para ponernos al día. —Con fingida indiferencia, me meto las cosas en los bolsillos y apago el ordenador—. Tengo que irme ya, llego tarde. Pasa un buen fin de semana.

En cuanto salgo de la oficina, pongo rumbo a la consulta de la psicóloga. Llevo tres semanas en terapia. O, traducido de otra forma, han pasado tres semanas desde que vi a Sara por última vez y la he echado de menos durante cada minuto. Está la parte racional, que es la que me impide llamarla y la que acepta que quizá ella tenga razón y este sea el camino adecuado para nosotros. Y, después, está el corazón, que se rebela en cuanto intento controlarlo con candados y cremalleras. Ese corazón, que empiezo a pensar que está defectuoso, no imagina la vida sin Sara.

Aparco el coche cerca de la playa de la Malvarrosa, pero me alejo de la brisa del mar al internarme entre los edificios cercanos. Ya en la consulta, me acomodo en uno de los sillones beige con reposabrazos y procuro relajarme antes de que esa mujer de mirada afilada comience a hurgar en mi cabeza, siempre desde el pasado hasta el presente. Se empeña en ir a los puntos de inflexión y, una vez allí, abre todas las puertas que mantengo cerradas. Quizá, en el fondo, quiero que lo haga.

Al terminar, me asegura que lo estoy haciendo bien, que tengo la actitud adecuada y que considera que hay un avance, aunque los pasos sean tímidos.

En cuanto salgo de la consulta, la veo.

Sara está en la sala de espera, con las piernas cruzadas y la mirada clavada en un libro. Tiene esa actitud ausente de la que hacía gala a menudo, perdida en su mundo.

—¿Qué lees?

Levanta la vista.

—Víctor. —Se pone en pie y me da un beso en la mejilla. No en las dos, solo en una. Más íntimo, más personal—. Tienes buen aspecto.

—¿Sigues viniendo? Creí que habías terminado.

—Sí, pero, bueno, a veces... Ya sabes...

Suspira y nos miramos en silencio. Por primera vez en mucho tiempo, no es un silencio incómodo, tan solo curioso, como si los dos estuviésemos esperando algo.

—¿Tienes algo que hacer luego?

—Cojo un vuelo a Tailandia.

—¿Qué? —pregunto confuso.

—¡Es broma! No, no, nada especial, a menos que cuente poner una lavadora y meter en el microondas un vaso de arroz integral precocinado.

—Suena terrible. Date el capricho del arroz normal.

—Mmm, tendré que meditarlo seriamente.

Nos sonreímos. El ambiente es extraño, no sé si por el contexto del encuentro o debido al beso que nos permitimos la última vez que nos vimos. Sé que es como jugar a la ruleta, pero, total, decido que no tengo nada que perder y le digo:

—Podríamos dar un paseo.

—Pero tengo la consulta...

—No me importa esperar.

—¿Estás seguro? —duda.

—Como nunca —respondo.

—Vale. Intentaré que no se alargue.

Con timidez, se lleva un mechón detrás de la oreja antes de internarse en el pasillo que conduce a la puerta de la consulta. Yo me quedo unos segundos inmóvil, casi conteniendo el aliento, y luego salgo del edificio. El aire es una caricia.

Son casi las siete de la tarde y el cielo arrebolado

lo tiñe todo de furia y belleza. Las nubes me recuerdan a una naranja desgajada. Las contemplo ensimismado durante un rato, hasta que un pajarillo llama mi atención: revolotea de un lado a otro, pero no se aleja; busca, falla, vuela, para, mira, pía, calla, y... vuelta a empezar.

Todo tiene su razón en la esperanza.

Sara, 2025

Salgo de la consulta con algo parecido a la ilusión retumbando en mi pecho. No, no es eso en realidad, porque hace tiempo que aparté la alegría de mi vida. Pero el anhelo, en cambio, es un sentimiento caprichoso y se cuela por grietas diminutas. Te susurra: «Tú no quieres, pero sí deseas esto o aquello». Y, de pronto, es viernes. Un viernes que no promete soledad y horas dándole vueltas a lo mismo, planteando alternativas y preguntándome qué hubiese pasado si...

No, no es ese tipo de viernes.

Porque, tal como prometió, Víctor está esperándome.

Ha debido de ir al coche a cambiarse de ropa y, en lugar de la habitual camisa y la corbata floja que se pone para trabajar, lleva una camiseta blanca y lisa. Ni siquiera soy consciente de que le estoy sonriendo hasta que él me mira de un modo significativo, como si las circunstancias lo descuadrasen. Es lógico, porque ni siquiera yo sé qué es lo que estoy haciendo, ni qué siento, ni qué nada... Todo es tan confuso como un montón de hilos enmarañados que he dejado de intentar controlar y ordenar.

—¿Nos vamos?

—Claro —digo.

Caminamos hasta el paseo de la playa. La brisa es cálida y agradable y arrastra a su paso ese aroma salino que adoro desde que era una niña. Víctor permanece pensativo mientras contempla el lugar: los puestos hippies llenos de pulseras y cachivaches, un par de niños con cometas, los adolescentes que practican skate o el grupo de turistas que comen helado y hablan demasiado alto. De Víctor siempre me gustó que no gritase y que su voz fuese casi un susurro suave, a pesar del tono ronco.

Se me escapa mi pregunta estrella:

—¿En qué estás pensando?

Él me mira con aire distraído.

—No estoy pensando en nada.

—Vamos, Víctor, dímelo...

Coge aire y lo suelta de golpe.

—En el atardecer. Siempre me trae recuerdos de los veranos que pasamos en Mallorca. —Esboza una sonrisa que se esfuma rápido—. Hacía tiempo que no me paraba a ver el final del día. Con detenimiento, quiero decir. Siendo consciente de que empieza y termina, tan absurdamente efímero. Ya sabes, todas esas tonterías.

Se frota el mentón con la palma de la mano.

—No me parece ninguna tontería.

—Es una obviedad —insiste él.

—Como casi todo en la vida.

Pienso en el lugar que se convirtió en nuestro refugio de verano y en la felicidad que sentía cuando, desde la ventanilla del avión, la isla se dibujaba bajo nosotros. Primero, pequeñita. Después, cada vez más y más grande. La calma al aterrizar. La cola en el aeropuerto para alquilar el coche. El familiar camino hasta el extremo oriental de la isla. La llegada al apartamento. Y, luego, la conquista de los días.

El mar, el mar, el mar, el mar.

Leer tumbados en la arena. Buscar pececitos de plata cuando buceábamos. Las fotografías que robaba de aquel presente pletórico. La ruptura de los horarios y la rutina.

Y el mar, el mar, el mar.

Los gatos callejeros que merodeaban por nuestro restaurante italiano preferido y que devoraban espaguetis con tomate. Las noches, copa en mano, que se adueñaban del reloj y que consumíamos hablando de todo y de nada. La horizontalidad del océano.

Y el mar, el mar, el mar.

El café con leche que me tomaba de buena mañana en la terraza mientras Víctor, sin camiseta y apoyado en la barandilla, se fumaba un cigarro (porque entonces fumaba) y decía cosas como «en tres horas será la pleamar», pese a no tener ni idea del asunto.

Y el mar, el mar, el mar.

Bromear diciendo que la percepción del tiempo cambiaba al llegar a la isla: «No es posible que ya sean las cuatro de la tarde», «¿qué hemos hecho durante los últimos dos días?», «no me puedo creer que sea la hora de cenar».

Y el mar, el mar, el mar.

—Lo recuerdo —digo tras unos instantes de silencio—. Todas las tardes veíamos el atardecer y nos despedíamos del día. ¿Quieres que lo hagamos ahora?

—Siempre quiero contigo.

Sonrío y niego con la cabeza. Nos desviamos por el paseo de la Malvarrosa y saltamos el muro bajo que delimita la zona de la playa. Me quito las sandalias y hundo los pies en la calidez de la arena. Pienso en todos esos granitos diminutos que forman esa masa blanda, suave y amarillenta. Paso a paso, nos acercamos al mar.

—¿Por qué has puesto antes esa cara tan rara?

—Porque la frase que has dicho no tiene sentido.

—¿Siempre quiero contigo?

—Sí. Suena a poesía fácil.

—Bien, soy un poeta cutre.

—Y te enorgulleces de ello.

Se me escapa una carcajada.

—Muchísimo. —Él también se ríe. Y la brisa le despeina. Y la última luz del día cae sobre sus mejillas. Y añade—: Es así. Siempre voy a quererlo todo contigo.

Trago saliva para intentar deshacer el nudo que me atenaza la garganta y lo miro de reojo, sin dejar de caminar. Ya en la orilla, meto el pie en el agua, entre la espuma que arrastra la ola que está a punto de morir.

El mar murmulla sin descanso.

Al girarme, veo que Víctor se ha sentado en la arena y me observa con atención, como si tuviese delante un magnífico cuadro de Artemisia Gentileschi. Pero solo estoy yo, que me encuentro lejos de ser algo artístico; en todo caso, sería lo que queda después de la obra, los restos de pintura del suelo, los botes aplastados, la paleta cuarteada y el olor a disolvente. Regreso a él, que mantiene la vista fija en mí. El océano se esconde en sus ojos. Me siento a su lado. Le rozo con la rodilla. Luego, incapaz de soportar la cercanía, me aparto un poco. Sigo sin saber qué hago aquí, pero el momento es pacífico, dulce y perfecto. No hablamos mientras el sol cae lentamente y arroja sobre el agua una luz agónica que traza destellos y brillos en la superficie.

Apenas hay olas.

Ya se distinguen las primeras estrellas en el cielo cuando Víctor se pone en pie y, con calma, se sacude los restos de arena de los pantalones. Me ofrece la mano para ayudarme a levantarme y acepto el gesto, a pesar de vaticinar el vértigo que se apodera de mí en cuanto nos tocamos. Empiezo a acostumbrarme a la inestabilidad. Supongo que, estando al borde de un acantilado alto y peligroso, al cabo de las horas, una deja de sentir el miedo trepando por la garganta. La tensión se disipa.

Nos alejamos de la playa paso a paso.

—¿Vas a dejar que te lleve a casa?

—Sí, vale —acepto sin pensar.

Subimos al coche y nos adentramos por las calles de la ciudad. Ya es de noche y la luna, pálida y redonda, resplandece en lo alto como un faro celestial.

—¿Sabes que ya no venden los quesitos que te gustaban?

—¿Cómo dices? —lo miro confundida.

—Los quesitos. Esos que siempre comprabas, los del envoltorio naranja y forma cuadrada que están especiados de cuatro formas diferentes...

—No lo dices en serio.

—Sí. —Frena delante de un semáforo en rojo—. Se lo pregunté a la dependienta la semana pasada y me comentó que ya no los tenían. Increíble.

—¿Pediste la hoja de reclamaciones? —bromeo.

—Claro. Les dije que pondría el asunto en manos de mis abogados.

—Bien hecho. —Sonrío y, luego, frunzo el ceño. Me encantaban esos quesitos, hubiese comprado varias cajas de haberlo sabido. Pero Víctor apenas los mordisqueaba un poco sin interés. Alzo la mirada hacia él—. A ti nunca te han gustado.

—Bueno, no estaban mal...

—Y preguntaste por ellos.

Se encoge de hombros y reanuda la marcha.

—Curiosidad. —Un silencio, dos respiraciones y tres latidos después—: En realidad, admito que aún me fijo en las cosas que compraba para ti cuando iba al supermercado. Por costumbre. Se me van los ojos hacia la leche de soja, el humus y derivados por el estilo, así que tengo que recordarme a mí mismo que ya no debo coger nada de todo eso. —Se ríe sin humor—. Al no ver los quesitos, me extrañó y pregunté.

Siento como si unos dedos me estuviesen pellizcando el corazón con saña. De todas las cosas que Víctor podía decir, de todas ellas, ninguna me ha llegado tanto como algo tan ridículo y sencillo y encantador como el dichoso detalle de los quesitos.

Pero eso éramos nosotros. Una rutina, una convivencia, unos cimientos.

Y lo entiendo porque a menudo me ocurre lo mismo. Casi me sorprende que ya nadie ensucie el lavabo al afeitarse y no encontrar una cuchilla, la espuma o el bote de desodorante con algún nombre tontamente masculino. Y su mesilla de noche, la de la izquierda, sigue vacía porque soy incapaz de llenarla. Sigo comprando la marca de cerveza que a él le gustaba. Y no puedo usar la taza que Víctor solía elegir para desayunar, la del dibujo del erizo. Ya nadie se aturulla colocando los cojines de la cama y están siempre perfectos. El armario es demasiado grande para mí. Y todo, todo está lleno de él y vacío de él, al mismo tiempo, como si acaso fuese posible.

—Ya hemos llegado.

Para el coche cuando estaciona frente a mi casa, pero no apaga el motor. En la oscuridad, me permito mirarlo con un deje de nostalgia.

—Lo he pasado bien.

—Yo también —dice.

No me muevo, aunque sé que el momento se está tornando raro. Jugueteo con el cinturón de seguridad entre los dedos. Las dudas se amontonan, pero las ignoro.

—Entiendo... entiendo lo de las costumbres. A mí también me pasa, a veces. Pero se supone que en algún momento nos habituaremos a lo contrario, ¿no?

Víctor tiene los ojos brillantes.

—No lo sé, Sara. Quizá.

Me desabrocho el cinturón y me inclino hacia él. El movimiento es impulsivo y torpe. Dejo un beso en su mejilla. Y, luego, otro, otro más y otro más... y él se contiene hasta que, al final, se gira y sus labios encuentran los míos.

Víctor y Sara, antes

Él le quitó la camiseta por la cabeza y ella le desabrochó el cinturón con prisas. Las vistas desde la ventana parecían un lienzo (la calma de la isla, el mar inmóvil) que contrastaba con la escena en el interior del apartamento (ellos dos moviéndose el uno contra el otro, incansables, el sudor de la piel, la necesidad primitiva).

—¿Crees que algún día dejaremos de sentir esto?

—No, no, imposible —respondió Víctor.

—Les ocurre a la mayoría de las parejas.

—Nunca hay que dejar de besarse, ese es el secreto. El deseo se despierta ahí y, luego, bueno... Nosotros tenemos mucha imaginación.

—Ya lo creo que sí. Muchísima.

—Una imaginación enorme, inmensa, infinita.

—Ya estamos con los sinónimos...

—Siempre puedes callarme con un beso.

—¿Lo ves? Son la solución para todo.

Víctor, 2025

Devoro su boca, incapaz de reprimir las ganas. No sé en qué pensaba Sara cuando sus labios han rozado mi mejilla una y otra vez, casi como una especie de súplica silenciosa. Lo que sí sé es que si me busca, me encuentra. Siempre.

Sus manos se aferran a mis hombros mientras nos fundimos en un beso profundo y húmedo. Adoro la familiaridad de su sabor y el tacto aterciopelado que he explorado tantas veces. No es nuevo, el beso no es nuevo. Y me vuelve loco justo por eso, por la seguridad que hay ahí, por la certeza, porque encajamos por todo lo vivido.

Pero no puedo seguir. No así.

Tengo que luchar contra mí mismo para lograr apartarme suavemente de ella. Controlo el deseo y lo hago. Con la respiración agitada, apoyo mi frente en la suya.

Sus ojos buscan en los míos una respuesta.

—¿Qué haces? ¿Por qué paras?

—No quiero que te arrepientas...

—Víctor... Yo... —Toma aire.

—Sé que estás confusa. Lo sé.

La atmósfera en el interior del coche es cada vez más densa, más íntima, más cerrada. Fuera, el mundo continúa su curso: los semáforos cambian de color, los peatones caminan a sus destinos y los mosquitos zumban bajo las luces de las farolas. Pero, en nuestro mundo, el de Víctor y Sara, todo se ha parado de golpe.

—Solo unas horas... —susurra, al tiempo que alza la mano y la desliza por mi cuello. Tiene los ojos llenos de lágrimas y no sé qué hacer, porque las dos opciones me parecen igual de peligrosas, tanto irme como quedarme. Ella intuye mis dudas y añade—: Finjamos durante unas horas que seguimos siendo tú y yo.

—No me hace falta fingir.

—A mí, sí.

—Ya lo sé.

Recuesto la cabeza en el asiento del coche y cierro los ojos. Noto sus manos delicadas moviéndose a mi alrededor, me acaricia el rostro, se detiene en las pecas que nacen en la nariz, bordea mis labios con la punta del índice. Lo hace tan despacio y con tanta ternura, que no puedo evitar besarlos. La veo sonreír con tristeza. Sé que me necesita ahora, pero también sé que luego yo la necesitaré a ella y...

Sara no estará. Se habrá ido lejos.

Abro los brazos para acogerla y ella se desliza hasta mi regazo. Nos abrazamos durante lo que parece una eternidad. Noto su cálida respiración haciéndome cosquillas en el cuello. Luego, me da un beso justo debajo de la oreja y me dice al oído:

—Vamos arriba.

—Sara, cariño...

—Me siento sola. —Tiembla contra mi cuerpo. Tiembla—. Intento convencerme de que has dejado de existir, pero siempre terminas volviendo a mi vida. Cada vez que pienso que puedo seguir sin ti, apareces. Y no puedo regresar a lo que tuvimos, sabes que no, pero sí fantasear durante unas horas..., solo eso.

Quito la llave del contacto.

—Vale. Subamos —acepto.

Volvemos a besarnos en cuanto entramos en el portal del edificio. Lo hacemos mientras esperamos el ascensor, al subir y cuando ella intenta hacer girar la llave en la cerradura. En la casa, todo es un silencio que acentúa el ruido de nuestras respiraciones entrecortadas y el chocar de los labios que se buscan y se encuentran una y otra vez. Es imposible que logremos saciarnos de esto, que tengamos suficiente. Nunca podré llenarme de ella, porque Sara está viva y cada día cambia y crea aristas nuevas y meandros desconocidos. Es un cuadro en movimiento.

Alzo los brazos cuando se propone quitarme la camiseta. Sus manos se mueven por mi espalda y suben hasta los hombros. Me impulsa hacia ella. Le muerdo el labio y sus jadeos me desequilibran. Gruño, pierdo el control, chocamos con la pared del recibidor y tiro con fuerza del vestido corto que lleva puesto hasta que consigo quitárselo. Sara responde bajándome los vaqueros y, ya en ropa interior, nos miramos el uno al otro como si hiciese siglos que no lo hacemos.

La cojo en brazos y ella enreda sus piernas en mis caderas. Camino hasta la habitación. La estancia está sumida en una penumbra que solo quiebra el resplandor de la luna que se filtra por la ventana. La dejo sobre las sábanas blancas y desabrocho el sujetador de encaje negro. Ella curva la espalda hacia mí. Me tumbo encima. La abrazo. Mi estómago sobre su estómago, mis piernas sobre sus piernas. Me mira. Casi puedo oír los engranajes de su cerebro poniéndose en movimiento para memorizar cada segundo de la escena. Sus pupilas hacen fotografías que más tarde revelará en soledad.

Sara se estremece bajo mi cuerpo cuando acaricio sus pechos. Los atrapo con la boca. Ella hunde las manos en mi pelo y se arquea hacia mí.

—Te necesito ya, Víctor. Ya.

Intenta darse la vuelta, pero se lo impido sujetándola contra el colchón. No quiero romper el contacto visual. Me llevo un suspiro cuando la beso.

—Espera. Todavía no.

Le quito la ropa interior y desciendo lentamente. Las costillas, el ombligo, la cara interna de los muslos, la piel tersa de las ingles y el centro de su sexo. Ella tiembla. Quiero lamer cada centímetro de Sara. Lo hago hasta que sus gemidos nos envuelven.

—Víctor...

Su mano acuna mi mejilla cuando termina, y yo le muerdo la tripa, marco con la boca la curva de su cintura y regreso a los pechos y me pierdo en su cuello. Es un festín de piel y deseo. Quiero estar dentro de ella, pero también alejar el final.

Le alzo los brazos sobre la cabeza y los retengo allí.

—Creo que no tengo preservativos... —susurra.

Parpadeo confundido. Ni siquiera recuerdo la última vez que lo hicimos con condón. Debió de ser hace bastantes años. Le rozo la boca.

—No ha habido nadie —digo—. Te lo prometo.

—Yo tampoco... —Tiene los ojos vidriosos.

—¿Sigues tomando la píldora? —pregunto.

Ella asiente y yo contengo la respiración cuando me hundo en ella. Me quedo quieto unos instantes, deseando retener la manera perfecta en la que nuestros cuerpos encajan. Tan fácil. Tan maravilloso. Tan lógico. Me muevo despacio una y otra vez. Sara me clava las manos en la espalda para pedir más. Yo lucho por mantener el control y alargar el momento. Al menos, hasta que oigo el primer sollozo.

Se me encoge el corazón al oírla llorar.

—Cariño... —enmarco sus mejillas.

—No, no pares, por favor... —ruega.

Atrapo con los labios la lágrima que se desliza hasta su barbilla y vuelvo a besarla. Sigo con más fuerza y enloquezco al oír el gemido largo y entrecortado que escapa de sus labios cuando se estremece de placer.

—Sara, no puedo más...

Ella alza las caderas para acogerme en su interior hasta que me abandono y mi cuerpo tiembla contra el suyo y todo acaba.

Ella y yo, después del amor.

Sara, 2025

Permanecemos en silencio, abrazados.

Víctor sigue en mi interior. En realidad, siempre lo ha estado. Yo no sabía lo que era enamorarse hasta que lo conocí. Sabía de atracción, eso sí. Y de diversión, también. Y de experimentar, por supuesto. Pero no de amor. Nunca creí posible que una persona consiguiese meterse en mi piel y que entendiese los entresijos de mi cabeza. Pero él lo hizo. Se coló por una grieta y se interesó por mis ideas y me conquistó día a día. Mientras estuvimos juntos, tenía la sensación de llevarlo conmigo a todas partes. Víctor «estaba» siempre más allá de la distancia; cuando hacía una fotografía, quería enseñársela; cuando me ocurría algo emocionante, deseaba llegar a casa para contárselo; si de pronto el mundo me parecía muy pequeño o muy grande, él entendía perfectamente lo que quería decir. Todo tenía que ver con hablar el mismo idioma.

Siento que aún no hemos olvidado ese idioma.

Lo hablamos con un acento diferente, pero...

Víctor se mueve y yo lo abrazo con fuerza para retenerlo a mi lado. Él me besa el punto exacto del cuello en el que la arteria carótida palpita al compás de mi corazón. Pum, pum, pum. Y beso. Pum, pum, pum. Y otro beso. Cierro los ojos. Huele a él. Esa colonia masculina y suave que usa desde que lo conozco es mi perdición.

—¿Quieres que me vaya?

—Aún no —susurro bajito.

—Vale. —Noto su respiración cálida en la mejilla cuando se gira para mirarme—. Sara, si pudieses entender la manera en la que te siento...

—¿Qué pasaría entonces?

Él resopla y cierra los ojos.

—No, nada.

—Dímelo...

—¿Para qué?

—No lo sé, pero dímelo.

Sé que es peligroso. Sé que es irracional. Sé que no conducirá a nada bueno. Pero también sé que hoy he traspasado una línea y ya todo se ha desdibujado. Me estremezco cuando él aparta con delicadeza los mechones que enmarcan mi rostro.

—Eres mi vida, Sara.

—...

—Antes de conocerte a ti, era otra persona. No

me conocía, no tenía un rumbo concreto ni sueños tangibles. Y no deja de resultar curioso que tú, precisamente tú, tan oscura a veces, trajeses a mí la claridad y la ternura. No me arrepiento de nada. No puedo. Prefiero el dolor de nuestros recuerdos antes que el vacío. Porque sé que fuimos felices. Lo sé. Y eso es lo que me queda ahora: todo memoria.

De pronto, respirar se ha vuelto una tarea compleja. Vuelvo a llorar y dejo que Víctor seque las lágrimas con los dedos. Me siento como un pez que boquea y se agita en un palmo de agua: su vida es agónica, pero sigue y seguirá vivo.

—Sabía que no tenía que contestar.

La sonrisa de Víctor es triste y está rota.

—Siento ser como soy. Lo siento mucho.

—Shh, no digas nada más. —Se lleva una última lágrima con el dorso de la mano—. ¿Tienes hambre? Puedo preparar algo para cenar.

—No es necesario...

—Tú quédate aquí.

Se pone los vaqueros y se levanta mientras se los abrocha. Camina descalzo cuando sale y me quedo sola en esta habitación que tiempo atrás me parecía cálida y acogedora, un nido de intimidad, y ahora resulta fría y gris, un cráter.

Regresa diez minutos después y deja en la mesilla

un plato con dos sándwiches vegetales. Me da uno y se sienta a un lado de la cama. El suyo, el izquierdo. Lo veo masticar el primer bocado con gesto ausente, aunque sus ojos claros se detienen de vez en cuando en mi cuerpo aún desnudo. No sé si podría soportar que ninguna otra persona me mirase de ese modo, con todas mis vulnerabilidades al descubierto. Pero cuando se trata de Víctor no me importa. Dejo que me observe y me como el sándwich en silencio.

Al terminar, me coge de la mano y tira de mí para que lo siga. Camina con decisión hasta el cuarto de baño, enciende el grifo de la bañera y se quita la ropa. Una película de vapor comienza a cubrir el espejo y da la sensación de que la niebla nos envuelve. Poco después, estamos dentro. Yo entre sus piernas, arropada por esos brazos que siempre pensé que eran tan firmes, tan seguros... Y, ahora..., ahora ya no lo tengo tan claro, no confío con los ojos cerrados. Me atrae hacia su pecho con suavidad y respira sobre mi nuca mientras aumenta el nivel del agua.

Pasados unos minutos, apago el grifo, me giro hacia él y subo sobre sus piernas. Vuelvo a necesitarlo. Quiero más de él. En esta ocasión, soy yo la que marco el ritmo, la que tiene el control, la que lo coge del cuello sin dejar de mirarlo a los ojos. Me muevo con lentitud, le arranco un gruñido contenido, lo beso, lo muerdo, lo siento por todas partes hasta que los dos nos dejamos llevar por un placer casi doloroso.

Me dejo caer sobre su cuerpo y me aferro a él. El agua, que es como una caricia, se agita alrededor. Me viene a la cabeza una canción de Maná que me encantaba y escuchábamos a menudo, hablaba de la lluvia en el corazón como referencia al dolor.

Quiero quedarme a vivir en este abrazo.

—Cariño. Te estás durmiendo.

—Ah. —Intento incorporarme.

—Espera. Yo te ayudo. Vamos.

Víctor se levanta y me sostiene contra él con cuidado. No sé cuándo me he dejado vencer por el sueño, pero el agua ya está fría. Quita el tapón de la bañera al salir y me cubre con una toalla antes de cogerme entre sus brazos y llevarme otra vez a la habitación. Saca de la mesilla ropa interior y un pijama rosa que deja sobre la cama.

—Vístete —me dice.

Luego, se pone los calzoncillos, vuelve al baño y regresa con una toalla. Se frota el cabello mojado mientras busca el resto de su ropa.

—¿Ya te vas? —lo miro.

—¿No es lo que quieres?

—Quédate. —Termino de abotonarme la parte

superior del pijama y me giro para mirarlo. Nerviosa, trago saliva—. Quédate a dormir.

—De acuerdo. —Deja escapar un suspiro.

Víctor se mete en la cama y yo me tumbo a su lado. Nuestras extremidades se entrelazan como las raíces de dos árboles de un parque que llevan años viendo el mismo cielo y los mismos edificios y las mismas calles. Somos ese tipo de intimidad. Apoyo la cabeza en su pecho y, esta vez, soy yo la que busca el sonido de su corazón. Pum, pum, pum. Es poderoso, es perfecto, es adictivo. Pum, pum, pum. Ojalá pudiese grabarlo y escucharlo cada noche antes de dormir, porque no me imagino una sola canción en el mundo que me pueda gustar más. Pum, pum, pum.

Víctor me besa en la frente.

—¿Qué estamos haciendo?

—Tranquila. —Su aliento cálido en mi sien, sus manos en mi cintura, la melodía de su corazón aún entre nosotros—. Mañana, cuando despiertes, ya me habré ido.

Víctor, 2025

Oigo el goteo constante de la ducha. No he debido de cerrar bien el grifo. Miro el móvil que he dejado en la mesilla de noche y veo que son las cinco de la mañana. Me giro, doy vueltas entre las sábanas, vuelvo a girarme. Contemplo el cuerpo de Sara en la penumbra y el movimiento de su pecho arriba y abajo con cada respiración. No hay nada como tomar conciencia de que la persona amada está respirando. Me empapo de ello hasta que asumo que ha llegado el momento de marcharme. No quiero que el despertar empañe la noche que hemos pasado juntos. Intento no hacer ruido cuando me incorporo y me abrocho los vaqueros y me pongo la camiseta. Al ir a coger la cartera, el móvil y las llaves, me fijo en que el cajón superior está un poco abierto y, en su interior, no hay nada. Lo abro un poco más. El lugar en el que antaño guardaba mis cosas, está ahora completamente vacío y yo no puedo evitar preguntarme por qué Sara no lo ha llenado con sus cosas: siempre se quejaba de no tener suficiente espacio.

La miro una última vez y, al final, descarto darle un beso para no despertarla. Voy al cuarto de baño, cierro bien el grifo del agua de la bañera y cuelgo la toalla que antes hemos dejado en el suelo. Salgo. Estoy a punto de enfilar el pasillo que conduce hasta el recibidor, cuando mis ojos se detienen en la puerta contigua.

Dejo de respirar.

Me acerco. Acaricio la manilla con los dedos. No sé qué es lo que estoy haciendo. No lo sé. Abro la puerta. Se oye un chirrido suave. Dentro, todo está sumido en la oscuridad de la noche. Tanteo la pared hasta que encuentro el interruptor de la luz. Dudo, dudo, dudo. Y, finalmente, lo aprieto con delicadeza.

Un golpe brusco en el estómago.

Me aferro con las manos al marco de la puerta como si fuese un salvavidas. Intento coger aire, de verdad que lo intento, pero no lo encuentro. Ni siquiera sé cómo logro sostenerme en pie. Estoy temblando. El suelo se ha abierto bajo mis pies.

Todo sigue justo igual.

Los muñecos de peluche aguardan en la cama, sobre la colcha amarilla con un estampado de globos de colores que él solía contar antes de dormir. Los juguetes están apilados en cajas transparentes a un lado de la habitación y sobre el escritorio hay una lámpara de un cohete espacial, cuentos que nunca volveré a leerle y los lápices de colores con los que le encantaba garabatear. Todos, el azul, el verde, el morado, el rojo, están desperdigados, como si alguien..., como si él..., los hubiese dejado así antes de...

—¿Qué estás haciendo aquí?

Me sacude la voz rota de Sara.

No puedo girarme. No puedo.

—¿Por qué lo haces, Víctor?

Estoy paralizado. Soy incapaz de apartar los ojos del mural de corcho que cuelga de la pared y que su tía Sofía le hizo al cumplir los tres años. Se suponía que tenía que ser el primero de muchos, pero aquel fue el último cumpleaños que celebramos juntos. De la punta superior de madera cuelga un lazo azul claro de raso y está repleto de fotografías hechas por Sara. Cada instantánea recoge esos momentos felices que ahora se han vuelto difusos y lejanos, casi como si no hubiesen sido reales.

Y Daniel sonríe en todas ellas.

Sonríe tumbado en la alfombra del comedor. Sonríe abrazado a su madre y Sara le devuelve una sonrisa aún más inmensa. Sonríe aferrado al peluche del elefante azul que llevaba a todas partes. Sonríe en la playa, entre la arena, con una pala en la mano. Sonríe con la boca manchada de puré de calabaza. Sonríe subido a mis hombros.

Sonríe. Siempre, siempre sonríe. Sonreía.

Es imposible asimilar que ya no esté, da igual el tiempo que pase. No puedo aceptar que no volveré a acoger su cuerpecito entre mis brazos, y a oír el timbre de su risa contagiosa, y a corretear tras él por toda la casa, y a llevármelo a la cama los sábados por la mañana para besarlo hasta el hartazgo en los mofletes y hacerle cosquillas en la planta de los pies y a cuidarle y a enseñarle y... y...

Sara, 2025

Víctor rompe a llorar y soy incapaz de seguir enfadada con él por haber entrado aquí porque su dolor está en todas partes: en los ojos, en la forma en la que sus hombros se agitan con cada sollozo, en el lamento que escapa de su garganta y en el modo desesperado con el que intenta ocultarse de mí y esconder el rostro entre las manos.

—Tenemos que salir. Vamos.

Temblando, lo cojo de la mano y tiro de él para intentar que entre en razón, pero me ignora y se suelta y da un paso más para adentrarse en la habitación de Daniel. Este lugar es lo más parecido al infierno que conozco en la tierra. Todo es pasado. Todo es tristeza. Yo apenas he sido capaz de entrar un par de veces desde hace más de un año.

—No, joder, no. —Se sienta en la cama infantil y me mira entre lágrimas. Luego, ruega—: Déjame aquí solo unos minutos. Solo eso.

Me mantengo inmóvil en el umbral de la puerta,

sin saber qué hacer. Quizá también deba entrar con él, sumergirme en el pasado que perdimos. El corazón me late desenfrenado, errático. El dolor, profundo y hondo, como si me clavasen un cuchillo en el pecho. Víctor coge del escritorio el trenecito de madera de colores con el que Daniel solía jugar a menudo, y lo mueve entre sus dedos, y lo gira para verlo desde todos los ángulos de una forma tortuosa que no logro entender...

No puedo. No puedo. No puedo.

Doy un paso atrás y cierro la puerta.

Me llevo una mano al cuello y me concentro en respirar mientras me deslizo por la pared hasta sentarme en el suelo. Allí me quedo, rota, perdida, con la mirada clavada en la pared. Cada vez que oigo a Víctor llorar a través de la puerta cerrada, me encojo. Es como si me arrebatasen la vida. O lo poco que queda.

Cierro los ojos y escondo la cabeza entre las rodillas. No sé cuánto tiempo permanezco así, pero siento que ha pasado una eternidad cuando Víctor sale de la habitación, se agacha delante de mí y me carga entre sus brazos con delicadeza. No dice nada. No hace falta.

¿Qué va a decir? ¿Qué puede decir...?

Me deja en el sofá del comedor y ahueca un almohadón bajo mi cabeza. Va a la habitación para coger una sábana con la que me tapa instantes después. Sigue callado cuando se sienta a un lado del sofá y enciende las dos velas blancas que hay en la mesa auxiliar. Cuando se gira hacia mí, todavía tiene los ojos húmedos.

Se inclina y me da un beso suave en los labios.

—Lo siento... —Me acaricia la cabeza con la mano—. Ojalá pudiese cambiarlo todo. Sabes que desearía haber muerto esa noche en su lugar..., desearía que todo hubiese sido diferente. Por vosotros hubiese hecho cualquier cosa.

Una lágrima silenciosa cae por su mejilla y la atrapo con los dedos como si quisiese quedármela. Trago saliva para romper el nudo que me oprime la garganta.

—Ya no lo soporto más... —susurro—. Da igual la distancia, nada mejora. Es mentira todo eso de que el tiempo cure las heridas. ¿Cómo va a curar algo así? ¿Cómo se supone que vamos a seguir adelante el resto de nuestras vidas?

Víctor tarda en responder. La luz titilante de las velas dibuja sombras en su rostro y revela la desesperación y la angustia que hay en sus ojos.

—No sé cuál es la solución. No puedo hacer que el dolor desaparezca, no puedo. Lo único que sé es que juntos somos más fuertes. Solo me quedas tú, Sara. Pero no me quieres a tu lado. Ya lo sé. Y lo entiendo. No quiero, pero... lo entiendo.

—Lo veo a él cada vez que te miro.

Es cierto. Es como si reviviese una vez tras otra el momento en el que me lo arrebataron. Víctor simboliza todo lo que tuve y ya no tengo. Y los recuerdos de nuestra vida juntos se mezclan con la rabia, la pena y la desolación. No puedo desenredarlos porque están enganchados entre los pliegues de mi cabeza y me anulan la razón.

Y tenía sus mismos ojos. Tan azules, tan curiosos...

Odio mirarlo. Pero también lo quiero. De un modo retorcido y sombrío, quizá. Pero lo quiero. Son mis propias contradicciones las que me nublan la mente y me veo inmersa en una batalla que no puedo ganar, porque lucho contra mí misma.

—Pero eso no es malo. No lo es. Daniel es parte de ti, de mí, de nosotros. Lo será siempre. Bloqueando los recuerdos solo consigues hacerte más daño. —Me acaricia la mejilla con los nudillos—. Él está en mi cabeza cada mañana cuando me levanto, mientras bebo café, me ducho, salgo a la calle, trabajo, vuelvo a casa y al acostarme. Pienso en Daniel a todas horas y claro que duele, duele de un modo inimaginable, pero más me duele la idea de intentar borrarlo.

Pierdo el control y rompo a llorar.

—Tú no lo entiendes. No lo entiendes...

—¿Quién podría entenderlo mejor? ¿Quién?

—Noto su aliento cálido y dulce en mi mejilla—. También era mi hijo. Y no hay nadie en el mundo a quien amase tanto. Ni siquiera a ti, Sara. Jamás había querido de un modo tan salvaje como quise a Daniel. Por eso sé cómo te sientes. Por eso sé que podemos ayudarnos el uno al otro si estamos cerca. Me necesitas a tu lado. Y yo te necesito a ti. No sabes cuánto.

—¡Deja de fingir que las cosas seguirán siendo igual!

—Sara, nadie ha dicho eso. En realidad, todo será diferente. Pero si me diesen a elegir cómo deseo que sea el resto de mi vida, lo único que sé es que quiero que sea contigo. No sé cómo. Y no lo averiguaremos hasta que intentemos descubrirlo.

Me tapo el rostro con las manos. No puedo seguir mirándolo.

—Necesito estar sola.

—No quiero irme mientras estés así.

—Siempre estoy así, Víctor. Por favor, vete.

Lo veo dudar durante unos instantes, pero al final se pone en pie. Me giro y me acurruco dándole la espalda hasta que oigo el sonido de la puerta al cerrarse. Entonces, dejo de reprimir el sollozo que escapa de mi garganta y permito que las heridas se abran de golpe, una tras otra, y sangren de nuevo a borbotones.

No sé qué hora es cuando me levanto del sofá tambaleándome, con los ojos hinchados de tanto llorar, y camino vacilante hasta la puerta de la habitación de Daniel. Ignoro de dónde saco el valor para abrirla, pero lo hago. Entro. No miro nada, no me fijo en la cantidad de recuerdos que hay alrededor, tan solo avanzo hasta su pequeña cama y me dejo caer sobre la colcha amarilla de globos de colores. Abrazo un oso de peluche con fuerza y, durante unos segundos, me engaño a mí misma pensando que todo vuelve a ser como antes, que ellos forman parte de mi vida, porque tengo el olor de Víctor todavía en la piel y la almohada desprende un aroma a suavizante, a bebé...

... Y a Daniel.

Víctor y Sara, antes

—¿Tú quieres tener hijos?

Sara estuvo a punto de escupir el trago de cerveza al escuchar la pregunta. Se encontraban en una terraza con vistas al mar. Tenían en la mesa una ración de calamares y unas olivas. Víctor vestía una camisa vaporosa blanca y la miraba con aire divertido, pero más allá de la pose de indiferencia, ella palpaba la relevancia del momento.

—Pues... no lo sé. Yo... Bueno...

—Llevamos casi un año juntos, he estado meditándolo antes de sacar el tema, pero creo que... —Víctor se rascó la mejilla—. Creo que está bien hablarlo.

—Es que no me lo he planteado.

—Vale.

—Vale.

Sara cogió una oliva. Víctor cogió una oliva. Sara sacó el hueso y lo dejó en la servilleta. Víctor sacó el hueso y lo dejó en la servilleta. Sara miró a Víctor.

Víctor miró a Sara. Después, los dos se sonrieron a la vez.

—Nunca he querido —dijo ella.

—Ah. Bueno. Lo imaginaba.

—¿Por qué dices eso?

—No lo sé. —Él se encogió de hombros—. Eres muy independiente y muy tuya, y jamás les haces carantoñas a los críos que se cruzan en nuestro camino.

—¿Y qué? Podría seguir siendo independiente y muy mía, y hacerle carantoñas solo a mis hijos, que seguro que sí me gustarán.

—«Hijos», ya en plural —se rio.

—No te hagas el listo conmigo.

—¿Entonces quieres dos, tres...?

—Siete. —Le lanzó un hueso.

—¿Podemos dejarlo en seis? Quiero decir, es una cuestión de economía y practicidad. Existen literas de tres y así cuadraría todo en dos habitaciones.

Rompieron a reír. Ella rozó la pierna de él con la suya por debajo de la mesa. El ambiente era trascendental pero, al mismo tiempo, relajado. Sara dijo:

—Quizá sí quiera.

—¿En serio?

—Contigo.

—Sería una aventura.

—¿Y tú? —preguntó.

—Quiero la aventura.

Sara sonrió y se lamió la espuma de cerveza del labio superior. Continuó acariciándole la pierna sin dejar de mirarlo fijamente.

—Puede que en cinco o seis años.

—Tres.

—Cuatro.

—Ya veremos.

—¿Pedimos otra cerveza?

—Doble —contestó Víctor.

Víctor y Sara, antes

Daniel nació el 13 de febrero.

Cuando Víctor lo cogió en brazos por primera vez, sintió que estaba en el lugar y en el momento correctos. Le daba pavor hacerle daño de algún modo, porque era diminuto y apenas sabía manejarlo, pero, sencillamente, encajaba en él. De verdad que lo hacía. Y cuando bajó la vista y sus ojos se encontraron, dejó de respirar.

Tenía la carita arrugada, los mofletes más blandos que había tocado jamás, la curva del labio igual que la de Sara, las uñas afiladas y suavísimas, y un llanto terrible.

Pero era perfecto.

Perfecto como lo es un atardecer, lo infinito, los objetos que persisten al paso del tiempo, la resolución tras un largo debate o una partida de ajedrez bien ejecutada.

Era una criatura sin fisuras y le costaba creer que algo tan maravilloso hubiese nacido de él, de ella, de ese «nosotros» que habían alimentado durante años.

Durante los siguientes meses, cualquier cosa que hiciese le parecía increíble: desde la forma en la que sus deditos se aferraban a los suyos, hasta verlo mamar del pecho de Sara; desde su manera de mirar el mundo, hasta sus primeras sonrisas.

Con la llegada de Daniel a sus vidas, todo cambió.

Hubo menos sueño, más discusiones y muchos más miedos. Pero el amor, que era el centro de todo, se multiplicó de forma silenciosa y subterránea.

Sara se abrió como las amapolas al llegar la primavera. Sonreía el doble, el triple, el cuádruple. Tenía el rostro lleno de luz. De pronto, necesitaba recibir tanto amor como daba, y eso era mucho, porque se pasaba el día besándolo, abrazándolo, amamantándolo. Cuando ella se tumbaba en la alfombra del comedor por las noches e intentaba retenerlo entre risas, Daniel se retorcía para escapar, divertido, y llamaba a Víctor con esa vocecita dulce: «papá». En realidad, era «pa-pá», separando las dos sílabas al hablar, rompiendo la palabra. Años después, Víctor no sería capaz de volver a oír esas cuatro letras sin que le diese un vuelco el corazón.

Porque todo cambió una noche de verano.

Era uno de esos días cálidos y largos que se estiran como si estuviesen hechos de chicle. Sara estaba en La Albufera. Una empresa importante le había hecho un encargo y debía retratar ese rincón: el mar al caer la noche y los alrededores repletos de pinadas y campos de arroz. Querían potenciar la zona de cara al turismo extranjero.

—Así que volverás tarde —dijo Víctor, con el teléfono en el hombro mientras le limpiaba a Daniel la boca con un pañuelo de papel e intentaba arrebatarle la bolsa de gusanitos que aferraba entre sus manos—. ¿Seguro que no quieres que te esperemos?

—No. Mejor id vosotros.

—De acuerdo. Te quiero.

Víctor colgó el teléfono y se agachó hasta quedar a la altura del niño. Le gustaba hacerlo porque recordaba cómo era la vida desde allí abajo cuando él era pequeño, lo mucho que lo desconcertaba ver todo el tiempo piernas y zapatos y que las caras de los adultos quedasen fuera de su alcance. Señaló la bolsa de gusanitos con una mano.

—No vamos a decirle a mamá que has comido esto, ¿de acuerdo? La única verdad es que has merendado dos piezas de fruta.

—¡De *futas*! —gritó alegremente.

Daniel sonrió y sus grandes ojos azules se achinaron. Luego, asintió muy serio con la cabeza y Víctor le sacó con cuidado el dedo que tenía metido en la boca. Aunque había cumplido los tres años, y tiempo atrás consiguieron quitarle el chupete, seguía teniendo la mala costumbre de chuparse el dedo, sobre todo antes de dormir.

—Y, ahora, vamos a vestirte.

No protestó cuando lo cogió de la mano y lo guio hasta la habitación. Daniel se subió a la cama y se quedó ahí sentado, con las piernas colgando. Víctor sacó la ropa del armario. ¿Qué se suponía que conjuntaba con el color azul? Más azul, eso seguro. Habían quedado en que irían a cenar a casa de Marta, la madre de Sara, y ella solía alabar que su nieto fuese bien vestido; le encantaba pellizcarle el moflete y decirle que ya era todo un «hombrecito». En realidad, lo parecía. Un hombrecito en miniatura porque, pese a su facilidad para sonreír, era un niño observador y sereno como su madre.

Víctor sacó unos pantalones que imitaban la tela vaquera y una camiseta corta azul celeste. Lo desnudó y luego empezó a vestirlo. Cuando solo quedaba por poner la parte de arriba, le pidió que se pusiese de pie encima de la cama.

—Colega, levanta los brazos.

Le metió la camiseta por la cabeza y, antes de bajársela del todo, le hizo cosquillas y él rio descontrolado y se dejó caer en la cama.

Víctor cogió dos de sus peluches preferidos.

—A ver, elige cuál prefieres llevarte. —Los sostuvo frente a él, que los miraba alternativamente—. Kaite, el cocodrilo feroz, o el elefante Trompa.

—¡Kaite! Dámelo.

Un trayecto de veinte minutos los separaba de la casa de Marta. Subió al niño a su sillita y le abrochó el cinturón. Después, Víctor arrancó el coche. Eran casi las ocho y media de la noche y el día aún se negaba a despedirse. Le gustaban las jornadas así, largas y perezosas, cuando al anochecer ya estaba haciendo la digestión de la cena.

—A ver a la *abuebita* —dijo Daniel.

—Eso es. Y le cuentas el dibujo que hiciste ayer.

—¿El del arcoíris? —preguntó el niño, dubitativo.

Víctor asintió y le echó un vistazo a través del espejo retrovisor. Sonrió al ver que estaba jugando con Kaite, el cocodrilo de peluche, moviéndolo de lado a lado como si lo hiciese bailar por una pista imaginaria.

—¿Pongo música, colega?

—¡Sí! —exclamó contento.

Los Rolling Stones comenzaron a sonar y Daniel aplaudió. Los dos celebraron cada canción como si fuese la última hasta que aparcaron delante del portal de Marta. Minutos después, ella los recibió con una enorme sonrisa, pero antes de que pudiese alcanzar los mofletes del nieto y decirle aquello de «ya eres todo un hombrecito», Sofía apareció de golpe, con el pelo aún mojado, y cogió a su sobrino en brazos.

—¡También es mi nieto! ¡No lo acapares! —bromeó Marta.

—¡A mí me quiere más! —contestó Sofía de buen humor.

Sofía siempre se llevaba a Daniel a todas partes y tendía a monopolizarlo, porque lo cierto era que a los dos les encantaba pasar juntos todo el tiempo posible. Además de ser su única tía, era la mejor. Lo cuidaba y lo consentía (demasiado), y si en alguna ocasión Sara y él necesitaban dejarlo al cuidado de alguien y su abuela tenía que trabajar, Sofía se ofrecía para hacerse cargo. La última vez que habían salido a comer a solas, al regresar se encontraron al niño apretujado en el sofá con otras cuatro amigas viendo *La sirenita*. Daniel no le hacía ascos a las atenciones extras.

Marta se puso las manoplas de cocina y sacó el pollo con patatas del horno. Víctor la ayudó a servirlo y repartirlo en los cuatro platos. La mesa ya estaba puesta.

—Así que Sara terminará tarde de trabajar.

—Sí, me dijo que no llegaría a tiempo.

Víctor cogió una patata y se la llevó a la boca antes de que su suegra le diese un manotazo. Rio mientras masticaba. Había admirado a Marta desde el primer día que la conoció; quizá porque necesitaba una figura materna después de perder tempranamente a su madre, o puede que porque le parecía una mujer fuerte e independiente que había sacado sola adelante a sus dos hijas. Con Daniel, además, Marta era severa y autoritaria, pero también cariñosa y dulce, justo lo que el niño necesitaba en esos días en los que ellos se ablandaban demasiado, cosa que ocurría la mayor parte del tiempo.

Se sentaron a cenar los cuatro en la mesa del salón. O, mejor dicho, los tres, porque Daniel se negó a probar bocado del pollo y Víctor le dirigió una mirada asesina desde el otro lado de la mesa, deseando poder comunicarse con él de forma telepática. Sabía que no tendría que haberle dado tantos gusanitos tan tarde. Y también sabía que Marta imaginaría en qué había consistido su merienda porque era una mujer intuitiva.

—¿Un bocadito por la tía? —le tentó Sofía.

—¡Noooooooo! —Daniel hizo un puchero.

—Da igual, luego le daré algo cuando lleguemos a casa —dijo Víctor—. Coge un par de patatas, al menos —añadió, lanzándole otra mirada intimidatoria.

Sofía mordió un muslo de pollo, sin quitarle la piel.

—Humm, pues está rico. Tú te lo pierdes, Daniel.

Después de cenar y recoger la mesa, se quedaron un rato más. Sobre las once, cuando Sara llamó a Víctor para decirle que había terminado, se despidieron.

No había demasiado tráfico.

Caía una llovizna fina y suave que, pasados diez minutos, se transformó en una de esas tormentas de verano que dejan a su paso el calor emanando de las calles y el olor a humedad impregnado en la ciudad. Los limpiaparabrisas se movían de lado a lado cuando Daniel comenzó a gimotear. Víctor lo miró a través del espejo retrovisor.

—¿Qué pasa? —preguntó.

—Kaite *sa* caído —le dijo.

—Tranquilo, luego lo cojo.

—¡Noooo, pa-pá! ¡Ahora!

—¿Ponemos música otra vez?

—¡No! Quiero el *cocodilo.*

—Daniel, ya casi hemos llegado.

Víctor suspiró hondo cuando los sollozos iniciales se transformaron en un lamento profundo. Daniel lloraba poco, pero cuando ocurría lo hacía intensamente. El tipo de llanto que atraviesa corazones blandos. Y más en esas circunstancias, cuando era tarde, y

Víctor sabía que, a pesar de haber dormido siesta, estaría cansado.

—Vamos, a Kaite no le pasa nada. —Daniel lloró con más fuerza y Víctor expulsó entre dientes el aire contenido—. Joder. Jolines —se corrigió.

Acababa de adentrarse en el tramo de autovía.

—Pa-pá.

—Vale, veamos dónde se ha metido el cocodrilo...

Víctor sujetó el volante con la mano izquierda.

Se inclinó para palpar con la mano la zona de atrás.

La lluvia caía y caía y caía.

Los limpiaparabrisas bailaban.

Daniel seguía gimoteando.

Fuera, la ciudad dormía.

Dejó de mirar la carretera tres segundos.

Tres míseros segundos.

Sus dedos tropezaron con el pelaje suave.

El alivio instantáneo.

Tiró del muñeco con decisión.

Después, el giro, el caos.

El pie buscando el pedal del freno.

Un sonido seco y abismal.

El crujido de los cristales.

El mundo quebrándose de golpe.

Luego, una oscuridad insondable.

Y el silencio.
Silencio.
Silencio.
Silencio.
Un final.

Víctor, 2025

Si la vida fuese un tablero de juego, si pudiésemos perder y volver a empezar, lo haría una vez tras otra. Regresaría siempre a esa noche que fue el antes y el después, tiraría los dados hasta dar con los números adecuados, probaría todas las variables, encontraría la manera de burlarme del destino. Me ahorraría los gusanitos de la merienda, elegiría el mismo conjunto de ropa azul, Daniel se comería el pollo con patatas y la cena se alargaría un poco más. Esperaríamos hasta que Sara viniese a nuestro encuentro. Volveríamos los tres en el coche, quizá con una canción sonando bajito en la radio. Daniel se dormiría en la parte de atrás, abrazado a su peluche de cocodrilo. Lo cogería en brazos. Al llegar, mientras Sara fuese a desvestirse y a preparar dos copas de vino, yo metería a Daniel en la cama y me quedaría unos minutos tumbado a su lado.

Y lo abrazaría fuerte, fuerte, fuerte.

No lo soltaría jamás.

Sara, 2025

Abro los ojos al oír el ruido de la cerradura girando. Por un momento, pienso que Víctor ha regresado, pero después recuerdo que él ya no tiene las llaves de este apartamento. Confundida, me giro y comprendo que anoche me quedé dormida en la cama de Daniel. Un nudo me atenaza la garganta justo cuando mi madre y Sofía entran en la habitación. Las dos se sorprenden al encontrarme en este lugar.

—Quiero... levantarme —balbuceo con la voz ronca.

Antes de que consiga incorporarme, mi madre me sujeta por los hombros y me obliga a permanecer tumbada. Me aparta el flequillo de la frente y posa su mano sobre mi mejilla. Noto las lágrimas quemándome en las comisuras de los ojos.

—¿Qué ha pasado? —Sofía se sienta a los pies de la cama.

—Nada... —gimo—. Víctor vino. Yo le pedí... que viniese...

Mi madre mira a mi hermana por encima del hombro y le pide que vaya a la cocina para preparar el café del desayuno. Sofía obedece sin rechistar y deja la puerta entornada al salir. Esa puerta. La puerta. En ella, hay unas letras de colores, hechas de madera, que forman el nombre de Daniel, con un gracioso gusano verde imitando la línea alargada de la «L» final. Recuerdo el día que Víctor las pegó.

—Víctor... estuvo aquí —repito.

—Lo sé. Me llamó esta mañana.

—No debería haberlo hecho.

—Estaba preocupado por ti. Todos lo estamos. —Sostiene mi mano entre las suyas, que están calientes y suaves—. Algo tiene que empezar a cambiar. Ya sé que has mejorado un poco —añade, antes de que pueda defenderme—, pero no es suficiente. Te estás marchitando, Sara. Necesitas que tu vida vuelva a la normalidad en la medida de lo posible. Una rutina te iría bien; entiendo que tu trabajo te da libertad, pero no es bueno que un lunes te levantes a las siete de la mañana y el martes siguiente lo hagas a las doce del mediodía. Debes organizarte, tener hábitos fijos que te impulsen a ir avanzando día a día y, además, si intentases...

—Joder, mamá —gruño.

—Esa boca —me regaña.

—¡Joder, hostia, coño, me importa una mierda lo que tú quieras! —Me incorporo en la cama, llena de ira, y la miro—: ¿Mejor así?

—Estás enfadada.

—¡Y tú, vacía! —grito—. ¿Es que no sientes nada? ¡Deberías entenderme mejor que nadie y nunca lo has hecho! ¡Tienes hijas! ¡Sabes lo que es!

Ignoro las lágrimas que se agolpan en mis ojos y consiguen que los suyos, pardos y rasgados, parezcan más brillantes de lo normal.

Suelto su mano.

—Precisamente por eso no soporto verte así. ¿Crees que a mí no me duele lo que ocurrió? Hay mañanas en las que todo lo que puedo desear es no levantarme de la cama, pero sé que debo hacerlo, sé que debo continuar, sé que no me queda otra opción. Eso es lo que te duele. Que Daniel ya no está y el mundo sigue adelante sin él.

—¡Cállate! —Me llevo las manos a la cabeza.

No quiero verla, no quiero oírla, no quiero nada.

—No dejaré que te hundas aún más. Eres mi hija. Tú y tu hermana sois lo que más quiero en este mundo. Vas a tener que aprender a vivir con el dolor...

—Pero no puedo... —Sollozo y el estómago se me encoge.

—Eres más fuerte de lo que crees. Tú siempre fuiste fuerte.

—¡Era mentira! Solo fingía todo el tiempo. ¡No soy fuerte!

—Basta con que lo intentes. Yo siempre estaré aquí para ti.

No puedo parar de llorar. Soy una cascada, soy un río después de las tormentas de abril, soy la lluvia que no cesa y repiquetea sobre una ciudad dormida.

—¿Tú? ¿Para qué? ¿Para hablarme de vestidos o tonterías?

—Te hablo de cosas banales porque es lo que hace la gente normal durante el día a día. —Se limpia una lágrima con el dorso de la mano—. Lo he intentado de todas las maneras, Sara, y ninguna funciona. Cuando te he hablado de Daniel odias que lo haga, pero, si no hablo de él, te cabrea que no lo haga y crees que soy fría o que no lo quería lo suficiente. ¡Jesús! Ese niño era la alegría de mi vida y yo... yo...

Aparto la mirada, incapaz de verla sollozar.

Al final, me acerco y la abrazo con torpeza.

—Lo siento, mamá. No quería hacerte daño.

—Tranquila, no pasa nada. —Me frota la espalda de arriba abajo. Cuando era pequeña y no podía dormir o estaba asustada, siempre me calmaba que me acariciase así, con un ritmo repetitivo y constante; la clave era la seguridad al saber que, después de llegar abajo, la mano volvería a subir, y así sucesivamente—. Todo va a ir bien. Poco a poco. Tienes que empezar a devolver esas llamadas que llevas meses ignorando: tus amigas de la facultad, los compromisos que dejaste pendientes. Nosotras vamos a estar contigo para ayudarte en todo lo que necesites. Y Víctor también, eso lo sabes.

—No. No puedo. Él, no. Es complicado.

—¿Por qué estás haciendo esto, Sara?

—Es que lo odio. No puedo evitarlo...

Vuelvo a llorar, de forma más débil y cansada.

—No es verdad, cielo. Sabes que no.

—Fue su culpa. ¿Cómo pudo hacerlo?

—Sara, lo que ocurrió fue un accidente.

—No. —Me separo de mi madre y la miro entre lágrimas—. Se salió de la carretera. No hubo ningún otro implicado, todo dependía de él. Yo confiaba en Víctor. Confiaba en que siempre cuidaría y protegería a Daniel, y no lo hizo. ¿Cómo se supone que voy a perdonarle algo así? Me quitó lo que más quería...

—Lo perdisteis los dos. Sara, cariño...

Mi hermana entra en la habitación y dejo de hablar.

—Ya está listo el desayuno. —Me mira y dice—: He hecho las tostadas como a ti te gustan, casi quemadas. Bueno, totalmente quemadas, en realidad.

Susurro un «gracias» casi inaudible mientras me limpio las mejillas con las manos y me pongo en pie. Mi madre me sujeta por la cintura como si pensase que fuese a caerme al suelo. Es evidente que miente: no me considera fuerte. Intento no mirar los muñecos y los colores llamativos y vibrantes que invaden esta habitación que, tiempo atrás, fue la más alegre de la casa, y avanzo junto a ellas hasta la cocina.

Sofía se ha esmerado al poner la mesa y ha preparado también zumo de naranja, café y tomate con aceite y sal para untar las tostadas. Cuando paso por su lado le doy un beso en la frente y me siento entre ella y mi madre. El pan está caliente y crujiente.

—Es sábado. Esta noche, podríamos ir las tres al cine —dice mamá.

—¡Sí! —Mi hermana me coge del brazo—. ¡Di que sí, Sara!

—De acuerdo. Luego miramos la programación.

—Después cenamos por la zona —añade mamá.

Asiento y le doy un sorbo al café con leche. Mientras lo saboreo, caigo en la cuenta de que ha pasado más de un año desde la última vez que fui al cine. ¿Cómo es posible? Sobre todo, habiendo sido algo tan rutinario en mi vida. Hubo una época, antes de la llegada de Daniel, en la que Víctor y yo acostumbrábamos a ir cada miércoles. Yo siempre decía que no quería palomitas y, después, a los quince minutos de empezar la película, me rendía ante el olor a mantequilla y le robaba las suyas, lo que despertaba sus quejas: «¿Por qué te niegas a comprar si al final eres la que más come de los dos?», y yo me reía y le contestaba que así sabían mucho mejor. Luego, volvíamos a casa dando un paseo tranquilo mientras comentábamos la película. Pocas veces estábamos de acuerdo. Algunos debates se alargaban hasta que estábamos ya en casa, cepillo de dientes en mano, lanzándonos miradas afiladas a través del espejo del cuarto de baño.

De repente, la idea de sentarme en una butaca, comer palomitas y salir de mi vida durante unas dos horas me parece de lo más atrayente. Por la novedad, por la compañía y porque quizá a esto se refería mamá con empezar a hacer cosas normales.

Víctor, 2025

Me ofrecen un plato con un trozo pequeño de pastel. Casi todos tenemos uno en la mano en la fiesta improvisada para despedir a Anna que hemos organizado en la oficina. Todo el mundo ha abandonado su despacho o el cubículo de trabajo para asistir al corto acontecimiento. No quiero que se marche. Detesto este lugar. Y lo detestaré todavía más cuando ella no esté. Si ya era aburrido venir a trabajar todas las mañanas, la cosa va a empeorar. Lo que antaño era la empresa de mi vida, ahora es solo un reflejo de lo que pudo llegar a ser. Yo buscaba y quería algo mucho más personal, más concreto, no una franquicia gris que los de arriba manejasen a su antojo.

—Si sonríes un poco más, el mundo explota —bromea Anna cuando se acerca e imita mi postura, recostándose en una de las paredes del fondo.

—¿En serio? Probemos a ver... —Curvo los labios lentamente—. No, mierda, el mundo sigue aquí. Qué putada. Me había hecho ilusiones.

—Otra vez será. Tú sigue intentándolo.

Anna sonríe y, cuando termina de comerse su trozo de pastel, señala el mío con la cucharilla y la boca todavía llena.

—¿No piensas comértelo?

—No. Toma. Todo tuyo.

—¡Ración doble! Gracias.

El resto de compañeros se van dispersando cuando se agotan los veinte minutos libres de descanso. En realidad, no creo que a ninguno de ellos le afecte demasiado su marcha, porque apenas la conocen, no lleva mucho tiempo en la oficina. Aunque, a veces, el tiempo no entiende de afectos. La veo comer en silencio, llevarse a la boca un trozo tras otro de mi pastel y relamerse los labios con cada bocado.

—En ocasiones, te envidio.

Ella alza la mirada hacia mí.

—¿Y puede saberse por qué?

—Eres feliz. No necesitas nada más, estás conforme con la vida. Hubo un tiempo en el que yo también me sentía así. Todo era fácil.

Anna suspira y deja el plato vacío en una mesa cercana, al lado de una planta de hojas grandes y muy verdes. Después, me da un abrazo fuerte y sentido.

—Víctor, echaré de menos incluso tu cinismo.

No hace falta que le diga lo mucho que también la

echaré de menos. Me suelta y nos quedamos un rato en silencio mientras observamos el lugar, con todas esas voces susurrantes que flotan entre los cubículos del fondo, el ruido de los dedos golpeando las teclas de los ordenadores y el runrún de fondo del aire acondicionado.

—Presiento que te irá bien —le aseguro.

Tras otra torpe escena sentimental, me encierro en mi despacho e intento concentrarme en el trabajo que he dejado a medias. Abro la lata de Coca-Cola que he sacado de la máquina de bebidas justo cuando Eric, uno de los socios, asoma la cabeza por la puerta. Mirándome, alza las cejas.

—¿Puedo? —pregunta.

—Claro. Adelante, Eric.

Bebo un trago de refresco mientras él se sienta frente a mi mesa. Tiempo atrás, fuimos buenos amigos. Salíamos por ahí a tomar una copa algún que otro viernes, al terminar la jornada, teníamos una idea común de lo que queríamos que fuese el futuro de la empresa y confiaba en su criterio. No es que ahora ya no lo haga, sigo teniéndole aprecio, pero lo alejé de mí y no tengo intención de recuperarlo. La vida da vueltas, se retuerce y gira sobre sí misma como una peonza, y las personas que creíamos imprescindibles un día dejan de serlo. Así, sin más. Supongo que son cosas que pasan.

Eric deja sobre la mesa unos cuantos papeles.

—Me han ofrecido un puesto en una empresa de Francia —dice, y gira con inquietud el anillo de bodas que lleva en la mano. Sonrío, porque sigue haciéndome gracia esa manía suya de hacerlo girar incluso en las reuniones relevantes.

—Me alegro por ti. ¿De qué se trata?

—Es una empresa de diseño pequeña, pero con mucho presupuesto. Tienen clientes importantes que quieren... encargos más exclusivos y personales. Valoran la originalidad. Están buscando un asesor que supervise y ejerza de guía a la hora de mantener esta filosofía de trabajo, alguien con experiencia. Y, además, pagan muy bien.

—Tiene una pinta estupenda.

—Todavía no he dicho que sí.

—¿Y a qué estás esperando?

La propuesta suena inmejorable.

—Quería comentarlo contigo.

—Tienes mi beneplácito o lo que sea. De verdad, Eric. No lo pienses más. Este tipo de oportunidades solo se presentan una vez cada... bueno, mira, en realidad, a veces ni siquiera se presentan. Vete cuanto antes.

Eric cambia el peso del cuerpo de una pierna a otra.

—Sabes que fuiste un buen amigo para mí, ¿verdad? —Me quedo callado, mirándolo en silencio—. Lo siento si no estuve lo suficiente ahí cuando ocurrió todo y yo... —Hace una pausa—. He pensado mucho en ello durante los últimos meses. Pero cuanto más tiempo pasaba, más difícil se me hacía intentar recuperar la relación que tuvimos. Me daba miedo acercarme a ti porque, bueno, porque...

—No es tu culpa —lo corto.

Y es verdad. Fui yo el que se alejó de todo y de todos. Construí una muralla y me quedé al otro lado, porque no soportaba enfrentarme a diario a la felicidad del resto del mundo y a la horrorosa sensación de que sus vidas continuaban intactas cuando la mía se había partido por la mitad de golpe. Era más fácil así.

—He hablado con la empresa francesa y les he comentado que conozco al tipo perfecto para desempeñar ese trabajo: tú —expulsa el aire contenido—. Si lo rechazas, lo aceptaré en tu lugar. Piénsatelo, Víctor. —Vuelve a tocar los papeles que ha dejado antes en mi mesa—. En el dosier tienes toda la información y, como bien acabas de decir, este tipo de oportunidades no surgen muy a menudo.

—No puedo ocupar tu puesto.

—Tranquilo, mi mujer y los niños están deseando que aceptes. Si lo haces, me ahorrarás un montón de discusiones y quebraderos de cabeza —sonríe y se inclina hacia delante—. Además, creo que te vendría bien, Víctor. Ya sabes, un cambio drástico. Poder empezar de cero, o algo que se le parezca. Y, mientras tanto, fantasearé con tu regreso. Cuando eso ocurra, nosotros tomaremos las riendas de esta empresa y a Marcos que le jodan —sonríe divertido—. Míralo bien y toma una decisión.

Víctor y Sara, antes

Entraron al cementerio cogidos de la mano.

Hacía décadas que Víctor no pisaba el lugar. De su madre, tan solo guardaba un puñado de recuerdos que se habían ido difuminando con el paso del tiempo: en la memoria albergaba escenas concretas, sí, casi todas vivas gracias al álbum de fotografías familiar, pero era incapaz de rescatar los olores, las texturas, el timbre de las voces o la luz del momento. Sara había insistido en hacer esa visita en numerosas ocasiones y él siempre había rechazado la idea, hasta que, de pronto, lo necesitó.

—Es aquí. Creo —dijo, frente a un nicho.

—Sí. Es tu madre. Qué guapa —dijo Sara.

Se quedaron en silencio contemplando el rostro redondo y sonriente de la mujer. Bajo él se leía la típica inscripción: «Tu familia y tu hijo no te olvidan».

Víctor suspiró y se movió, inquieto.

—Pues ya está. Lo he hecho.

—Estás nervioso. Ven aquí.

Sara lo abrazó y él se quedó refugiado en ella durante un largo minuto. Después, se apartó y volvió a centrarse en el nicho. Sintió el impulso de pasar una mano por encima para quitar el polvo y las telarañas, pero se contuvo. Y, de repente, tomó conciencia de que ahí dentro estaba su madre, esa que no había podido verlo crecer. Huesos y polvo y olvido. Pero, sobre todo, un puñado de momentos no vividos.

Siempre se había preguntado qué pensaría de Sara. Echaba de menos que hubiese podido conocerla. Decir una frase tan sencilla como: «Mamá, te presento a mi novia». Y, después, tras la despedida, ir hacia ella algo avergonzado y preguntarle: «¿Y bien? ¿Qué te ha parecido?».

La respuesta le era indiferente.

Quería el acto. La posibilidad.

—No sé qué debería sentir...

—Nada concreto —dijo Sara.

—¿Sabes qué es lo que odio? El hecho de haber sido tan consciente de la muerte desde pequeño. Ningún otro niño tenía ese tema en la cabeza. Nadie lo hablaba.

—Yo lo hubiese hablado contigo si nos hubiésemos conocido siendo dos críos. De verdad, no me mires así. Siempre me ha importado. —Sara le frotó el brazo—. ¿Sabes? Hubiésemos sido amigos tú y yo, eso seguro. Aunque no habrías querido compartir el bocadillo conmigo.

—¿Por qué?

—Mi madre me lo hacía de sardinas. Horrible.

—¿De sardinas?

—Sí. Por el Omega 3. Se obsesionó. Imagínate, apestaba toda la clase en cuanto lo sacaba de la mochila. —Sara sonrió y volvió a mirar la fotografía de aquella mujer que había hecho posible que existiese el hombre que ahora estaba a su lado. Visualizó la vida como una cadena infinita y enigmática—. ¿Tú qué piensas?

—¿Sobre tu apestoso bocadillo?

—No, tonto. Sobre la muerte.

—¿Acaso importa? Es un misterio irresoluble.

—Ya. Pero a mí sí me interesa tu percepción.

—Pues... —Víctor soltó el aire que estaba conteniendo—. No lo sé. Pero me gusta creer que la energía de las personas prevalece sobre lo efímero de los cuerpos.

—¿Hablas de reencarnación?

—No, no es eso. Yo... bueno... —Él se rascó el mentón—. Es algo más ambiguo, aunque no tengo una teoría firme al respecto. Ojalá sea así. Ojalá quede algo de todos nosotros, aunque sea minúsculo como la cabeza de un alfiler, ¿me entiendes?

—Sí. Ojalá.

Sara, 2025

Tengo la cámara colgada del cuello mientras abro la ventana de la cocina. Dirijo el objetivo hacia el cielo anaranjado que envuelve la ciudad y que parece estar en llamas, enfoco con cuidado moviendo el objetivo. Clic. Me inclino a la izquierda e intento capturar la bandada de estorninos que se mueve hacia el este. Clic. Bajo la cámara despacio, sin apartar la mirada de las nubes ensangrentadas.

Salgo de mi letargo cuando suena el móvil.

Es Víctor.

Hace casi dos semanas que no hablamos, aunque sigo pensando cada día en su piel, en su forma de tocarme, en la intimidad que reinó cuando estuvimos en la bañera y en cómo se me encogía el corazón al oírlo llorar dentro de esa habitación.

De Víctor para Sara,

a las 21:13 p. m.

Tengo que hablar contigo. ¿Estás en casa?

Dejo la cámara sobre la mesa con cuidado.

De Sara para Víctor,
a las 21:15 p. m.

Sí. ¿Va todo bien?

De Víctor para Sara,
a las 21:16 p. m.

«Bien» es siempre tan relativo... Pero supongo que las cosas van como tienen que ir, un poco por inercia. Nos vemos ahora. Voy hacia allí. Besos.

Se apodera de mí una angustiosa ansiedad mientras espero su llegada, así que me entretengo sacudiendo los almohadones que hay sobre el sofá, quitando el polvo y colocando las revistas en una fila perfecta ordenada por tamaño, de la más grande a la más pequeña. El timbre suena apenas veinte minutos después.

Víctor exhala hondo cuando me ve y me echa un vistazo rápido antes de entrar sin intercambiar palabra. Deja en la mesa del comedor un sobre grande de color canela y se muerde el labio inferior con indecisión.

—¿Qué ocurre? —pregunto.

—Yo... Bueno... —Se mueve por la estancia de un lado a otro, nervioso, y al final para de golpe y se lleva las manos a las caderas.

—Dilo sin más —le pido.

—Me han ofrecido un trabajo.

—Ah.

—En Francia.

—¿Qué?

—Es... es una empresa relativamente nueva. En realidad, se lo dieron a Eric y él pensó que me podría interesar porque me iría bien un cambio y...

—No lo entiendo...

Estoy confusa. Mastico la noticia, pero no termino de digerirla. Todo se deshace, se derrumba, se cae. Ha dicho «Francia», pero me siento como si me estuviese anunciando que se va a una misión espacial. Lejos, lejos. Muy lejos de mí. Lejos, lejos.

—Sara, mírame —ruega—. Si tú me pides que me quede aquí, lo haré. Sin dudar. Si todavía piensas que existe una remota posibilidad para nosotros, si todavía sientes algo..., creo que necesito saberlo ahora.

Se me encoge el estómago.

Vete, vete, vete, vete, vete...

No te vayas, no te vayas, no te vayas...

Intento que no note que estoy temblando. ¿Se puede odiar y amar a alguien a la vez? ¿Se puede desear que todo acabe cuanto antes y, al mismo tiempo, anhelar la vida cada segundo del día? Nunca es todo blanco o negro, camino por una cuerda gris. Cada día que amanece soy otra persona, avanzo hacia delante, y luego vuelvo atrás.

—No voy a pedirte que te quedes...

Mi voz es un susurro frágil. Después, todo da paso a un silencio viscoso e incómodo. Me encantaría alzar la mano y cazar las palabras que acaban de salir de mi boca para volver a guardarlas en mi garganta e impedir que se escapen de nuevo. No quiero que se vaya. Víctor es parte de mi vida. Víctor es la persona que aún me hace sentir algo; a veces, bueno, en otras ocasiones, malo. Pero siento. Con él, siempre siento. Cuando pienso que la indiferencia y la desidia me consumen, Víctor aparece.

Él da un paso hacia mí.

Trago saliva, tengo la boca seca.

Está muy cerca. Está demasiado cerca.

—Te entiendo. Y sé que pierdo el tiempo, pero no soportaba la idea de irme sin decirte esto: ven conmigo. Por favor... —suplica—. No voy a caer en todas esas tonterías sobre empezar desde cero, porque los dos sabemos que sería una jodida mentira; es imposible que tú y yo hagamos algo así. Pero sí podemos retomar la historia desde el número en el que se suponga que estamos. Desde doce. Desde veintitrés. Desde ciento sesenta y dos. El inicio es irrelevante, lo que importa es el final. Y te prometo que será infinito, siempre que tú quieras.

Se me eriza la piel y me abrazo a mí misma.

—¿Te has vuelto loco?

—Sí, quizá lo esté...

—No puedes pedirme algo así.

—Ya. Pues acabo de hacerlo.

Víctor alza una mano y, con una ternura que me sobrecoge, coloca detrás de mi oreja un mechón de cabello. Aguanto la respiración hasta que se aparta.

—Te dejo a solas, para que puedas pensarlo. En el sobre tienes la información. Llevo unos días buscando casas de alquiler y vi una que... No sé, pensé que te gustaría porque está a las afueras, pero apenas a media hora de las oficinas. —Toma aire—. Si te arrepientes, si cambias de opinión y aún crees en nosotros pero no sabes cómo decírmelo o necesitas más tiempo... dame alguna señal. Lo que sea. Una llamada perdida. Un mensaje. Algo que pueda entender. Y, entonces, aquí estaré.

Después, se marcha y deja un socavón a su paso.

Yo permanezco en el salón, sola e inmóvil. Ni siquiera he sido capaz de despedirme. Cojo el móvil y me planteo volver a llamarlo para pedirle que suba otra vez a casa y que no se vaya así, pero al final lo dejo en la mesa. Me sudan las manos. Voy a la cocina para prepararme un té antes de regresar al comedor.

El sobre me mira y yo lo miro a él.

Con el corazón en la garganta, lo abro. Dentro, hay un montón de fotografías de los paisajes de la zona, mapas de carretera y rutas que Víctor ha señalado a mano, todas ellas parten desde Rennes y una en concreto se bifurca hasta un pueblo pequeño. Saco el clip que hay en esa esquina y veo la casa a la que se refería. Ha impreso los papeles de una página web de alquileres. Es acogedora, de madera y, aunque hay otras casas alrededor, parece estar en medio del bosque porque los árboles, altos y frondosos, se recortan tras el tejado a dos aguas de pizarra oscura. El porche de madera es minúsculo, apenas cabe una silla y un par de macetas, pero es perfecto.

Por un instante, solo uno, me imagino allí sentada, con un libro en la mano, la cámara de fotografías siempre cerca, el baile de pajarillos de buena mañana y el suelo alfombrado de hojas secas, doradas y crujientes, tras la llegada del otoño.

Luego, al ver el billete de avión que hay al fondo, la niebla me cubre la cabeza y ya no veo nada, todo vuelve a tornarse borroso. La fecha del vuelo es en dos semanas.

Vuelvo a meterlo todo dentro del sobre y, mientras lo cierro, camino hasta la habitación, abro el primer cajón de la mesilla vacía de Víctor y lo guardo ahí.

Cierro el cajón. Ya no quiero volver a abrirlo nunca más.

Víctor, 2025

Tengo las manos metidas en los bolsillos del pantalón y la mirada clavada en la enorme cristalera del aeropuerto. El cielo es de color grisáceo y los aviones alzan el vuelo y aterrizan con pasmosa facilidad. El ser humano ha logrado volar, pero no ha conseguido domesticar el dolor. Las emociones siguen siendo salvajes y primitivas. Llevo toda la mañana asistiendo al espectáculo aéreo. Tres horas. Cuatro, quizá. He llegado temprano, incapaz de permanecer más tiempo en el apartamento donde he vivido hasta ahora. He tomado más cafés de la cuenta y noto la tensión en la mandíbula.

No sé nada de Sara.

La he llamado dos veces desde la tarde en la que le propuse el plan, pero no lo ha cogido ninguna de ellas. Tampoco contesta los mensajes. Pensé en llamar a Marta, pero no lo hice. Pese a la debilidad del momento, de nada sirve intentar tomar decisiones por ella, porque da igual lo que haga, no puedo evitar que me odie y no sé dónde escarbar para buscar el amor que antes sentía por mí. Quizá esté tan enterrado que ya se haya podrido y no exista nada que rescatar. La única conclusión a la que he llegado estos días es que no depende de mí. No puedo moldear, dibujar o borrar sus sentimientos. Me he limitado a darle todo lo que tenía. Ya no me queda más.

El resto, la persona que fui antaño, se fue con Daniel. No va a volver.

Daniel.

Daniel y su voz. Daniel y el rostro más bonito del mundo. Daniel y su encantador modo de llamarme «pa-pá», Daniel y la felicidad absoluta. Daniel y el dolor. Daniel y la alegría. Daniel y todos los colores del arcoíris.

Me froto los ojos.

Necesito dormir.

Estoy cansado por la falta de sueño y por el desgaste físico de los últimos meses. Pero también estoy cansado de mí mismo, de tanto pensar, de cargar con la cabeza. Dentro, vive una voz insoportable y no hay manera de hacerla callar.

—Pasajeros con destino al aeropuerto de Rennes Saint-Jacques, empiecen a embarcar por la puerta 5. —La voz por megafonía es seca y monótona.

Aparto la vista de la pista y cojo las maletas para

dirigirme al lugar indicado. No dejo de mirar a mi alrededor, como si esperase un milagro, cuando sé que Sara no aparecerá, lo sé. Pese a ello, todo está lleno de chicas de pelo oscuro, menudas, que caminan como flotando y visten vaqueros y camisetas lisas.

Solo que ninguna es ella.

—¿Me deja su pasaporte, por favor?

Tomo aire y me giro una última vez.

Nada. Ni rastro. Sara no está en el aeropuerto.

Le enseño la documentación y me indica que pase hacia la zona de embarque. Minutos después, estoy en el avión, en el asiento de la ventanilla. ¿Quién diría que respirar es tan difícil? Ya la echo de menos y aún no hemos despegado. De pronto, lo único que deseo es regresar y volver a ella. Ya no sé si estoy haciendo lo correcto huyendo del pasado de esta manera, pero lo que sí sé es que si me quedo no saldré adelante y terminaré por enloquecer. No me gusta la versión en la que me he convertido este último año: ese hombre que se afeita poco, bebe demasiado y habla desde el cinismo no se parece a la persona que fui. Ni siquiera siento que me esté salvando. Más bien, pienso que se parece más a evitar lanzarme por un acantilado. Y, en estas circunstancias, teniendo en cuenta la distancia que está a punto de abrirse entre nosotros, lo único que me alivia es saber que Marta y Sofía estarán con ella y la cuidarán.

La azafata gesticula con el chaleco salvavidas mientras una voz explica las indicaciones a seguir en caso de emergencia. Luego, alzamos el vuelo. La ciudad se va empequeñeciendo y quedando atrás, muy atrás. Contemplo las casitas diminutas e imagino todas esas vidas contenidas en sus colmenas. ¿Cómo logra la gente seguir adelante cuando el destino te lanza uno de esos golpes que te causan un dolor crónico?

Apoyo la cabeza en el respaldo y cierro los ojos.

No puedo pensar más. Es un problema irresoluble.

Me siento desorientado después del aterrizaje y, mientras alquilo un coche hasta que consiga organizar la logística a largo plazo, intento adaptarme al cambio de idioma. Relleno el formulario y me dan las llaves y las indicaciones pertinentes. Ya dentro del vehículo, me concentro en poner la dirección de la casa que he reservado para, al menos, los próximos seis meses. Una vez pasado ese tiempo, veré qué hacer. Puede que el cuerpo me pida que regrese a España o todo lo contrario. «No te estás quedando quieto —dice una voz en mi cabeza—, y eso siempre es bueno. Mejor moverse que convertirse en un cadáver». Conforme me adentro más en la zona cercana a Paimpont, el paisaje cambia y el bosque se apodera del lugar y delimita la carretera repleta de curvas. Incapaz de soportar más tiempo el silencio, enciendo la radio y empieza a sonar una vieja canción en inglés de los años setenta.

El pueblo es pequeño, alargado y apenas hay unas pocas tiendas en la calle principal, dos de ellas de alimentación. Avanzo hacia las afueras y pronto distingo la hilera de casas que vi en el anuncio. La mía es la última. Aparco el coche enfrente. No hay nadie, no se oye nada y parece un lugar deshabitado.

Es justo lo que buscaba. Esconderme del mundo.

Bajo y rodeo el coche. Saco las llaves que me hicieron llegar por correo la semana anterior, la encajo en la cerradura y abro. Todo está en la penumbra, la luz apenas consigue filtrarse por las rendijas de las ventanas. Huele a polvo y a humedad. Vuelvo a salir y cargo las maletas para meterlas dentro. Voy abriendo las ventanas de la casa a mi paso, dejando que el aire templado se cuele en la estancia. La parte trasera da directamente al bosque y te aleja de golpe de la civilización. Me gusta el contraste.

Inspecciono los armarios que encuentro en cada habitación y me doy cuenta de que hay mil cosas que comprar, especialmente en cuanto a utensilios de cocina o artículos de limpieza. Vuelvo a quedarme embelesado mirando a través de una de las ventanas. El sol dibuja sombras y luces que realzan la belleza del frondoso bosque y las copas de los árboles tiemblan con gracia, como si deseasen tocar las nubes blanquecinas.

A Sara le habría encantado.

Y a Daniel también.

Los dos hubiesen irrumpido en la casa como huracanes, nada de pasar de puntillas, jugando y explorando cada tramo de los alrededores. Porque, cuando estaban juntos, su alegría se multiplicaba de forma exponencial y los días estaban teñidos de una despreocupación adictiva. Les traía sin cuidado tirarse al suelo y mancharse de tierra, comer fresas y acabar con las mejillas rojas, salir bajo la lluvia sin paraguas...

Suspiro hondo, frotándome con el dorso de la mano la barbilla. Supongo que hay cosas de las que no se puede huir. Da igual cuánto te alejes, porque los recuerdos son como la sombra, y se alargan o se acortan a lo largo del día.

Me dejo caer en el sofá.

Hay polvo en los muebles.

Eso es lo último que pienso antes de cerrar los ojos y quedarme dormido. Sueño que es verano y el mar brilla intensamente, la risa infantil, que es como el tintineo de cascabeles, se me cuela en los oídos, y la vida es blanda, suave y tierna.

Ding, dong.

Abro los ojos.

Lo último que me apetece es presentarme ante los vecinos, pero casi es mejor afrontar ese escollo cuanto antes. Mientras camino hacia la entrada, me digo que seré amable pero serio y un poco cortante, con la intención de evitar visitas no deseadas.

Abro la puerta.

Y Sara está ahí.

Sara, 2025

El taxi, que me ha costado una fortuna, se aleja por la carretera y se hace el silencio. Contemplo la casa en la que no he dejado de imaginarme durante las últimas semanas. Es acogedora como un nido que sobrevive tras la tormenta y se seca al sol. «Quizá, pueda llegar a ser eso para nosotros», me digo. Porque, en realidad, aún no estoy segura de lo que estoy haciendo. Pero sí sé tres cosas: que el impulso por seguirlo fue visceral desde que me dio la noticia, que no podremos volver a ser aquellos que fuimos y, pese a ello, que no seré más feliz si Víctor sale de mi vida.

A veces ocurren cosas imprevistas que marcan un antes y un después, nos lanzan de bruces contra el suelo y abren un cambio. Para algunas personas, puede ser algo insignificante. Pero, para otras, el destino juega sus cartas y te da un golpe irreversible, de esos que te destrozan el corazón como si fuese de porcelana.

Nunca sabremos cómo hubiésemos sido si hubiésemos esquivado ese golpe. Así funciona la cosa. La vida es caprichosa, indescifrable, enigmática. Por eso seguimos cuestionándonos qué hacemos aquí, cuál es la finalidad de caminar por el mundo. Y pensamos en porqués, estudiamos variables, analizamos todos los «y si» que dejamos por el camino como migas de un pan demasiado duro que no nos llevamos a la boca.

Las cosas que no deberían pasar se quedan enquistadas. Las injusticias que tienen que ver con el azar y lo aleatorio.

Yo he cambiado y Víctor también. Ha dejado de ser ese hombre encantador, y en ocasiones fingido, que siempre intentaba agradar a los demás; se parece más al que era dentro de casa: bromista pero sin forzarlo, algo taciturno en los días grises, todavía con un toque cínico que a veces se da la vuelta y se vuelve gracioso. Sea como sea, sigue siendo él. Y eso me hace pensar que somos un cúmulo complejo de matices que sacamos a relucir o guardamos en el desván.

El corazón me golpea con fuerza en el pecho.

Subo los tres escalones que me separan de la puerta, dejo la pesada maleta en el suelo y, pese a que me tiembla la mano, llamo al timbre. Puede que ser valiente sea esto: que algo te dé miedo y que aun así seas capaz de hacerlo. No tiene sentido esperar a que las dudas dejen de bailar o a que todo sea perfecto, porque quizá ese momento nunca llegue. Así que aquí estoy. Y espero que eso, *estar*, sea suficiente.

Víctor abre la puerta con gesto serio.

Me mira y tarda en reaccionar.

—Has venido.

—He venido.

—Tarde.

—Perdí el vuelo...

—Porque estarías pensando demasiado.

—Pero cogí el siguiente —susurro y sonrío.

Víctor ladea la cabeza sin dejar de mirarme. Luego, se acerca, acoge mis mejillas entre sus manos y acerca su rostro al mío. Frente con frente, solo eso. Como siempre, huele a cítricos, a la colonia que para mí es solo suya aunque fabriquen miles de frascos al año. Tenemos los ojos cerrados cuando su boca roza la mía.

—¿Qué vamos a hacer, Sara?

Le acaricio el rostro con lentitud.

—No lo sé. Dijiste que podíamos empezar desde algún punto concreto, no de cero. ¿Qué te parece desde doscientos cuarenta y siete?

—¿No prefieres un número par?

—¿Doscientos cuarenta y ocho?

—Suena bien. Suena estupendo.

—No tenemos otra opción. Solo podemos seguir.

Eso es lo que he entendido estas semanas: lo perdí a él y no quiero perderte también a ti.

—Así que...

—Vivamos.

—¿Sabes que te quiero? —Víctor sonríe contra mis labios—. Bueno, te quiero ya no es apropiado en el contexto. *Je t'aime, je t'adore, je...* todo lo que me pidas, Sara.

Me río. Y, entonces, él me besa y se lleva el sonido de la risa.

Luego, entro en la casa como quien entra en una segunda vida.

SIETE MESES DESPUÉS

Y nunca te equivocaste,
más que una vez, una noche
que te encaprichó una sombra
—la única que te ha gustado—.
Una sombra parecía.
Y la quisiste abrazar.
Y era yo.

PEDRO SALINAS

Epílogo

El tiempo no entiende de semáforos en rojo.

La vida de Víctor y Sara está en verde, pero durante una larga época se mantuvieron paralizados delante del color ámbar. En ocasiones, las luces nos deslumbran como si fuésemos un conejo que se queda congelado delante de los faros de un coche. Y, después, el coche pasa, y el conejo, pese al miedo, continúa su camino.

Construir sobre los cimientos del pasado requiere pericia y paciencia; en ocasiones, las paredes nuevas pueden tambalearse un poco, pero resisten. En esta historia, una de tantas otras que se abren de dolor, él quiere ser feliz y ella también quiere ser feliz. Hay días que lo consiguen y otros que no, pero los primeros empiezan a conquistar la balanza y los segundos se han vuelto más llevaderos.

Por las tardes, cuando Víctor vuelve de la oficina y ella ha terminado sus encargos, tienen la costumbre de salir a dar un paseo por los alrededores. Los acompaña el nuevo miembro de la familia: tiene cuatro patas y muchas ganas de jugar, apareció un día olfateando en su basura y ladrando de forma lastimera. A veces, bordean la carretera y avanzan hasta que anochece. Hay días que hablan y días que permanecen sumidos en un silencio plácido. A menudo, se cogen de la mano, pero en otras ocasiones prefieren no rozarse y también está bien así. Últimamente, suelen adentrarse en el bosque y exploran senderos de tierra rojiza sin saber a dónde los llevarán.

Sara está enamorada del lugar.

No le sorprende que inspire cuentos de princesas y duendes, hadas y criaturas que viven entre la vegetación. Todo está regado de helechos de un verde vibrante, musgo reluciente y enredaderas que trepan por los troncos como si quisiesen tocar el cielo.

Esa tarde, ella se arrodilla en el suelo e intenta enfocar una araña de patas finísimas que trepa por una roca. El perro, a su lado, gime como si sintiese celos del arácnido. Más allá de eso, no se oye nada, absolutamente nada. El silencio es aplastante cuando hace la fotografía en la que capta el brillo de la tela de araña.

—La conseguí.

—Déjame verla.

Sara se acerca hasta Víctor, que está sentado unos

metros más allá. Lleva allí un buen rato. Nunca se aburre cuando puede observarla de esa forma tan íntima. Siempre es ella la que tiene que anunciar que ha llegado la hora de irse, porque si dependiese de él terminarían durmiendo en el bosque.

Gira la cámara y él estudia la miniatura.

—Es perfecta.

—¡No te pases!

Ella se ríe y le da un golpecito en el hombro. Él también sonríe, deja la cámara a un lado y le da un beso lleno de ternura. Acaban en el suelo, sobre la hojarasca seca y la tierra húmeda. Víctor le susurra esa cursilada que siempre le arranca una carcajada, «estoy loco por ti, Sara. Loco», y luego respira cerca de su mejilla mientras el perro trota a su alrededor y se aleja en busca de ardillas o de algún pájaro que ha visto.

Tumbados, los dos contemplan el cielo rosado del atardecer que se advierte tras las ramas retorcidas de los árboles. Durante unos dolorosos segundos, ella se pregunta si Daniel estará ahí, si sabrá que lo echan de menos y si volverán a verse algún día. Durante unos dolorosos segundos, él se cerciora de que Daniel está ahí y que sabe que lo echan de menos y que algún día volverán a verse, seguro.

Ninguno imagina qué les deparará el futuro.

Sigue lloviendo. Sigue doliendo.

Pero el aire es templado y suave. El murmullo del bosque parece una melodía infinita que los acompaña allá donde van. Las hojas mueren y caen y dejan hueco para las que crecerán en primavera. Las nubes, allá en lo alto, parecen hechas de espuma. Los mosquitos, aún aletargados, zumban de un lado a otro. La luz es bellísima, desafía los obstáculos, y se cuela por todas partes para iluminar los corazones perdidos.

Y todo es paz, paz, paz.

Una paz inquebrantable.

FIN